# HISTOIRE LITTÉRAIRE DES ARABES

## OU DES SARRAZINS

### PENDANT LE MOYEN AGE.

On trouve chez **Debeausseaux**, libraire, quai Malaquais, n° 15, les différens ouvrages traduits par A.-M.-H. **Boulard**, notamment les autres parties qu'il a publiées de l'Histoire littéraire du moyen âge, de Berington; savoir :

1° L'Hist. littér. des huit premiers siècles de l'ère chrétienne, prix, 2 fr.

2° L'Hist. littér. des IX^e et X^e siècles, prix, 1 fr. 50 c.

3° L'Hist. littér. des XI^e et XII^e siècles, prix, 3 fr.

4° L'Hist. littér. du XIII^e siècle, prix, 2 fr.

5° L'Hist. littér. du XIV^e et de la 1^re moitié du 15^e siècle, prix, 2 fr. 50 c.

6° L'Hist. littér. des Grecs pendant le moyen âge, prix, 2 fr. 50 c.

On trouve aussi chez MM. **Debeausseaux** et **Egron** la troisième édition de la traduction des Bienfaits de la religion chrétienne, de **Ryan**.

---

La présente esquisse de l'Histoire littéraire des Arabes forme, avec les Histoires ci-dessus désignées, la traduction complète de l'Histoire littéraire du moyen âge, de Berington, dont M. **Daunou** a rendu compte, dans le Journal des savans de mai 1823, avec indulgence et obligeance. Le traducteur doit aussi des remercîmens à M. Adair.

Ceux qui voudront bien connoître les auteurs arabes doivent consulter les deux volumes de la Bibliographie des croisades, formant les 6^e et 7^e tomes de l'Histoire des croisades, de M. **Michaud**. On en imprime actuellement une seconde édition. Le savant abbé **Reinaud** s'y est chargé de l'analyse des auteurs arabes.

On trouve 1° chez la veuve Desray l'Histoire de France par M. Dufau.

2° Chez M. Pélicier les Romances historiques traduites de l'espagnol, par M. Abel Hugo.

3° Chez M. Pichard, quai Conti, l'Observateur du XIX^e siècle, par M. Saint-Prosper.

DE L'IMPRIMERIE DE CELLOT,
rue du Colombier, n° 30.

# HISTOIRE LITTÉRAIRE
# DES ARABES
## OU DES SARRAZINS

PENDANT LE MOYEN AGE,

TRADUITE DE L'ANGLAIS

DE JOSEPH BERINGTON

PAR A.-M.-H. B.

A PARIS,

CHEZ DEBEAUSSEAUX, LIBRAIRE,

QUAI MALAQUAIS, N° 15.

1823.

# HISTOIRE LITTÉRAIRE

# DES ARABES

## OU DES SARRAZINS,

### PENDANT LE MOYEN AGE.

SOMMAIRE DES PARAGRAPHES DE CET OUVRAGE.

I. Aperçu général. — II. Les Sarrazins s'établissent en Afrique et en Espagne. — III. Ils encouragent les lettres. — IV. Leurs travaux en différens genres. — V. Éloquence. — VI. Poésie. — VII. Philologie. — VIII. Lexicographes. — IX. Philosophie. — X. Morale et ascétisme. — XI. Médecine. — XII. Histoire naturelle. — XIII. Mathématiques. — XIV. Géographie. — XV. Histoire. — XVI. Chute de Grenade, le dernier des établissemens des Maures. — XVII. Chute du califat. — XVIII. Les trois historiens arabes. — XIX. Conclusion.

Comme l'époque de l'histoire littéraire de l'Asie, dont j'essaie maintenant de présenter l'esquisse, est en même temps l'ère la plus triste de celles dont j'ai tracé le tableau dans mon Histoire littéraire de l'Europe pendant le moyen âge, particulièrement sous le gouvernement des Lombards en Italie, je dois prier le lecteur de vouloir bien revoir cette partie de mon ouvrage.

Lorsque nous considérons la politique désolante qui inspira les plans des sectateurs de Mahomet, et le fanatisme avec lequel ces plans furent exécutés, le dernier prodige auquel nous devions nous attendre étoit la culture des connoissances et des arts agréables de la paix. Cent années après la fuite du prophète de la Mecque à Médine, qui eut lieu en 622, et est la première année de l'hégire, la domination armée de ses successeurs s'étendoit, depuis l'Inde jusqu'à l'océan Atlantique, sur les contrées diverses et éloignées qu'on peut comprendre sous les noms généraux de Perse, de Syrie, d'Egypte, d'Afrique et d'Espagne.

## § I. *Aperçu général.*

Dans les plus anciens récits qui nous ont été faits sur les Arabes, on dit qu'ils avoient du goût pour les lettres, en restreignant ces dernières principalement à l'éloquence ainsi qu'à la poésie; et on loue beaucoup l'énergie, l'harmonie de leur langue. Mais lorsqu'on rapporte qu'ils ont quatre-vingts mots pour signifier *miel*, deux cents pour *serpent*, cinq cents pour *lion*, mille pour *épée*, et enfin lorsqu'on dit que pour expliquer chacun de ces mots, on a compilé des traités entiers, je ne puis m'empêcher de refuser de croire à ce phénomène philologique (1). Quand une langue a beaucoup de mots synonymes, on sait qu'ils proviennent de la communication de ceux qui la parlent avec les autres nations, occasionée par la conquête ou le commerce. Cependant on dit que les Arabes ne furent jamais subjugués, et qu'ils vivoient indépendans et isolés des autres peuples : d'où seroit donc venue une si étonnante multiplicité de mots superflus, et cela dans un temps où leurs compositions étoient confiées au dépôt de la mémoire plutôt qu'aux livres ?

Leurs poëtes, ainsi que ce fut originairement le cas chez toutes les autres nations, furent leurs historiens; et leurs vers conservoient la distinction des généalogies, desquelles les Arabes étoient fiers, les droits des familles, et la mémoire des grands exploits. Mais, même dans la poésie, l'esprit naturellement libre des Arabes ne vouloit pas être enchaîné par beaucoup de règles; et leur éloquence a été comparée à des pierres précieuses, détachées, brillantes, mais non embellies par une combinaison de l'art, ou, pour me servir d'une expression moins noble, leur éloquence a été

(1) M. Grangeret de La Grange, orientaliste habile, que j'ai consulté, m'a dit qu'il n'y avoit en arabe que deux mots pour exprimer le *lion ;* mais les Arabes se servent souvent de périphrases. Ainsi en place de ces deux mots ils se serviront, dans cette occasion, des termes suivans : *le père de la sévérité ;* dénomination qui rappelle l'aspect terrible de cet animal.

(*Note du traducteur.*)

comparée à du sable sans chaux. Ce n'étoit point par un discours méthodiquement arrangé, comme chez les Grecs et les Romains, mais c'étoit par l'arrondissement des périodes isolées, l'harmonie de l'expression, et la finesse des sentences proverbiales, que l'orateur arabe cherchoit à exciter l'attention de ses auditeurs (1).

Quoique ayant dès son enfance appris à parler le dialecte le plus pur de la langue arabe, on dit que Mahomet étoit illettré, et que même il n'étoit point en état de lire. « Quant aux connoissances acquises, il est avoué, suivant que l'observe Sale, que Mahomet n'en avoit aucune, n'ayant eu d'autre éducation que celle donnée ordinairement dans sa tribu, qui négligeoit ou peut-être méprisoit ce que nous appelons *littérature*, n'estimant aucune langue en comparaison de la sienne, dans laquelle ses membres devenoient habiles par l'usage ainsi que l'habitude de la parler, et non par les livres, se contentant de perfectionner leur expérience particulière en confiant à leur mémoire ceux des passages de leurs poëtes qu'ils jugeoient pouvoir leur être utiles dans la vie. » Aussi, depuis Mahomet, la science et les lettres, même dans leurs parties les moins élevées, ne pouvoient espérer d'encouragement; et, quand

(1) Voyez le discours que Sale, écrivain anglais, a mis en tête de sa traduction du Coran. Ce discours a été traduit en français. M. Noël a fait un recueil très-précieux des proverbes, qui mériteroit d'être imprimé.

nous le suivons lui et ses successeurs immédiats dans le rapide progrès de leurs étonnans exploits, nous craignons fortement que les monumens des siècles passés périssant dans le naufrage général des nations, les rapsodies du Coran ne fussent le seul ouvrage qui survécût. « Quant aux livres dont vous faites mention, répondit Omar, le second calife, lorsqu'il fut consulté par son général Amrou relativement à la bibliothèque d'Alexandrie, si ce qu'ils contiennent s'accorde avec le livre de Dieu (entendant par ces mots le Coran), on a sans eux tout ce qui suffit. S'ils renferment des choses contraires à ce livre, nous n'en avons nullement besoin. Ordonnez donc qu'ils soient détruits (1). » Ce fait, qui n'est point rapporté par les historiens les plus proches du temps, peut n'être pas vrai; mais il n'en est pas moins certain que le triomphe de leur foi par les armes, plutôt que la conservation ou la dissémination des connoissances libérales, fut l'objet de l'ambition musulmane.

Les Arabes commencèrent mal; mais ils commencèrent de même que les autres peuples ont fait; car l'esprit ne pense aux lettres que dans la sécurité du repos, et il cherche de la satisfaction et de la renommée dans d'autres occupations que celles des armes, seulement lorsque la tranquil-

(1) Albupharagius, *Dynast.*, pag. 114. Oxon., pag. 1663. Je parlerai de cet historien à la fin de cet ouvrage.

lité a été assurée par le succès, et que l'empire est établi. On peut dire que le caractère arabe avoit été suspendu, mais qu'il est revenu à ses habitudes naturelles quand le temps et la prospérité ont refroidi l'ardeur ou tempéré l'énergie du fanatisme, et quand la bigoterie a cédé la place aux suggestions d'une louable curiosité.

Sous le règne des califes de la race des Ommiades, qui eurent leur résidence à Damas pendant quatre-vingt-dix ans, les études des musulmans se bornoient à l'interprétation du Coran, et à l'éloquence ainsi qu'à la poésie de leur langue natale, qui étoit généralement répandue dans la vaste étendue de toutes leurs conquêtes. A la vérité, le calife Walide Ier défendit l'usage de la langue grecque, et ordonna qu'on y substituât l'arabe; mais à l'avénement des Abassides au califat en 750, Almanzor, le second de la dynastie, changea le siége de l'empire et le porta à Bagdad, dont il posa les fondemens sur les bords du Tigre, où cette ville devint bientôt la cité la plus brillante de l'Orient. La simplicité des premiers califes fut alors remplacée par la magnificence de la cour de Perse; et Almanzor, qui avoit personnellement cultivé les connoissances, se déclara lui-même l'ami des lettres et des savans. Il proposa des récompenses à tous ceux qui donneroient des traductions d'auteurs grecs sur les sujets les plus adaptés au goût de ses compatriotes, tels que la philosophie, l'astronomie, les mathématiques et la médecine. Il espéroit par ce moyen enrichir la littérature de son pays, et exciter ses sujets à s'efforcer de se distinguer par leurs connoissances. Les successeurs d'Almanzor suivirent son exemple. Leurs ambassadeurs à Constantinople et leurs agens dans les autres contrées rassemblèrent les ouvrages des savans ou célèbres Grecs, qui furent traduits par les écrivains les plus habiles. On engagea des hommes de génie à les étudier avec soin, et l'on vit quelquefois des vicaires même du Prophète assister avec plaisir aux conversations des savans. Ce fut alors que, dans le langage pompeux de l'Orient, les savans furent nommés « les flambeaux dispersant les ténèbres ; les chefs de l'esprit humain, sans lesquels le monde retombe dans la barbarie (1). »

Lorsque le fils de Mesué, jeune chrétien nestorien, retiré de son propre pays, entra pour la première fois à Bagdad, on rapporte (2) qu'il parut avoir découvert un nouveau monde. Il vit que les disciples de Jésus-Christ et de Mahomet s'y occupoient de cultiver les arts libéraux. Il resta alors dans cette ville, s'y livrant à l'étude de la médecine, de la philosophie et de l'astronomie. Il y apprit beaucoup, et avoit une profonde connoissance des langues. D'après cela, étant lui-même un trésor de science, il fut choisi pour suivre le

(1) Albupharag., *Dynast.*, pag. 160.

(2) Leo Afric., *De viris illustr.*, *ap. Arab. bibliot. græca*, l. 6, c. 9, t. 13.

prince Almamon, fils du calife Aaron-al-Raschid, et pour l'accompagner dans une ambassade importante. Mais la grande déférence qu'on lui témoignoit déplut au calife. « Pourquoi, dit-il à son fils, avez-vous si constamment ce chrétien auprès de vous ? — Je le conserve comme un artiste, répondit Almamon, et non comme le directeur de ma conscience ; et votre grandeur sait qu'il est nécessaire d'employer les juifs et les chrétiens dans ses états. » Un autre instructeur d'Almamon fut le Persan Kessai. Un jour celui-ci demandant le prince dans un moment où il étoit à table avec ses amis, ne fut point reçu, mais Almamon lui envoya un écrit qui contenoit ces lignes : « Il y a un temps pour étudier et un temps pour s'amuser. Le moment actuel appartient à l'amitié et aux plaisirs de la table. » Kessai écrivit sur le revers de la même feuille : « Si vous saviez apprécier l'excellence de la science, vous préféreriez le plaisir qu'elle peut donner à celui dont vous jouissez maintenant ; et si vous connoissiez bien celui qui attend à votre porte, vous vous lèveriez et viendriez à sa rencontre, remerciant à genoux le ciel de la faveur qu'il vous accorde. » Le prince se leva aussitôt et se rendit auprès de son maître (1).

(1) D'Herbelot, *Bibliothèque orientale*, article *Kessai*. Il vient de se former à Paris deux sociétés qui seront très-utiles : celle de géographie et la société asiatique. Celle-ci publie un journal. On y trouve dans le 2e ca-

A l'avénement d'Almamon au califat en 813, ce prince, jaloux comme il l'étoit d'acquérir des connoissances et d'inspirer le même désir à ses sujets, invita les savans de toutes les nations, quelle que pût être leur religion, à se rendre à sa cour; et ayant appris de ces étrangers les noms des auteurs les plus célèbres et les titres des ouvrages qu'ils avoient publiés en grec, en syriaque et en persan, il ordonna qu'on entreprît des voyages et qu'on achetât des volumes. Le nombre de ces volumes achetés, dit l'historien, fut immense. Ensuite le premier soin auquel on se livra fut de choisir ceux qui étoient regardés comme les plus précieux dans chaque partie des sciences, et de s'occuper de les traduire. Le fils de Mesué fut chargé de présider à cette importante opération, de laquelle il résulta, suivant qu'il est rapporté, que, parmi beaucoup d'autres volumes, ceux de Galien sur la médecine, et tous les traités d'Aristote, furent traduits en arabe. Se trouvant ainsi enrichis, suivant qu'ils le pensoient, des plus précieux trésors de science des Grecs, les mahométans livrèrent aux flammes le

hier, page 128, l'annonce du projet de refaire sur un meilleur plan la *Bibliothèque orientale* de d'Herbelot. Les langues orientales n'ont jamais été cultivées avec plus de succès à Paris que dans ce moment. Pour le prouver, il suffit de nommer MM. Silvestre de Sacy, Langlès, de Chezy, de Remusat, Saint-Martin, de La Grange, Garcin de Tassy, Destains, Étienne Quatremère, etc.

reste, comme étant ou inutile ou peut-être dangereux pour la foi musulmane. En effet, de même que l'austère Caton avoit autrefois redouté la contagion de l'éloquence grecque, les sages de la loi voyoient avec jalousie l'introduction parmi eux de la philosophie et des autres études spéculatives, auxquelles leur calife s'adonnoit particulièrement. Son amitié pour Mesué leur déplaisant aussi, il leur répondit : « Certainement, de même que je lui confie le soin de mon corps où réside la partie immortelle de mon être, je peux lui confier la surintendance sur des mots et des écrits, dans beaucoup desquels il n'y a rien qui ait le moindre rapport ni à sa foi ni à la mienne. » C'étoit en qualité de médecins, que beaucoup de chrétiens continuoient d'être employés à la cour de Bagdad.

Almamon régna vingt ans. Il fut le prince le plus illustre d'une dynastie qui fut célèbre par ses grands hommes; et il nous est représenté comme possédant, outre les vertus d'un roi et les talens d'un guerrier, les agréables qualités de l'amabilité et de la générosité, embellies par l'amour des lettres. Lorsque, dans des termes extrêmement polis et flatteurs, il s'adressa à la cour de Byzance, en disant que, si les soins du gouvernement le lui avoient permis, il se seroit rendu lui-même auprès de l'empereur, il en reçut la réponse grossière « que les sciences qui avoient fait la gloire du nom romain ne devoient pas être communiquées aux barbares. »

Mais la splendeur du califat commença bientôt à s'affoiblir; et on rapporte (1) que Radhi, qui régna au commencement du dixième siècle, fut le dernier qui harangua le peuple dans la chaire; qui passa les heures agréables de loisir avec des savans et des hommes de goût; dont enfin la dépense, les revenus, les trésors, la table ou la magnificence, ont eu quelque ressemblance avec ceux des anciens califes. Enfin, le pesant fardeau et l'onéreuse grandeur de l'empire furent les principales causes de sa ruine. Il fallut nécessairement déléguer des pouvoirs étendus à des émirs ou gouverneurs éloignés; et les armées ainsi que les trésors dont ceux-ci purent disposer devinrent bientôt les instrumens de l'ambition. On vit alors naître des monarchies indépendantes. Toutefois, si le califat fut divisé par ces révoltes et affoibli par cette division, il est probable que cet événement empêcha la ruine dont le reste des royaumes chrétiens paroissoit être menacé par la réunion d'un pouvoir si grand et si vaste.

Pendant que l'esprit des Arabes se développoit, principalement dans le cours du neuvième siècle, par les moyens dont j'ai parlé, et pendant qu'il s'enrichissoit en recueillant les trésors littéraires des Grecs, le lecteur se rappellera quel étoit l'état des choses dans l'Occident, lorsque, Charlemagne étant mort, toutes les espérances d'un

(1) Albufeda, *Annal. Moslem.*, pag. 261.

meilleur temps, excitées par ses travaux, s'étoient évanouies.

Les diverses révoltes qui démembrèrent l'empire des Musulmans forment le principal sujet des annales des Sarrazins ; mais je ne parlerai que des événemens arrivés en Afrique et en Espagne, parce que ce sont les seuls qui sont liés à l'histoire littéraire du moyen âge (1).

## § II. *Les Sarrazins s'établissent en Afrique et en Espagne.*

L'Egypte avoit été complétement réduite sous le joug, en 641, par Amrou, général d'Omar ; et peu d'années après, il commença la conquête de l'Afrique, depuis le Nil jusqu'à l'océan Atlantique. Les armes d'Abdalla eurent le même succès, et l'on rapporte qu'après l'établissement de la dynastie des Ommiades, Akbah, général du calife

(1) Cardonne a publié à Paris, en 1765, trois volumes in-12 intitulés : *Histoire de l'Afrique et de l'Espagne sous la domination des Arabes.* Voyez le jugement que M. Depping en a porté dans la *Biographie universelle.* Voyez, 1° l'*Introduction à l'histoire des Maures*, par Florian, en tête de son *Gonzalve de Cordoue;* 2° les *romances historiques*, traduites de l'espagnol par M. A. Hugo. Ce jeune littérateur, ainsi que M. de Saint-Prosper qui a publié l'*Observateur au* 19^e^ *siècle*, et M. Dufau, auteur d'une *Histoire générale de France*, méritent d'être encouragés par le gouvernement. Il seroit à désirer qu'on leur donnât quelque place de bibliothécaire.

(*Note du traducteur.*)

Moaviyah, poursuivit sa carrière de victoires jusqu'au moment où il fut arrêté par les vagues de l'immense Océan. Avant la fin du siècle, la conquête de l'Afrique étoit terminée, lorsque l'Espagne fut envahie, et devint une province musulmane, vers l'an 713.

Cependant cette province fut le théâtre de la première révolte contre les califes qui ait eu du succès. Lors de la proscription des Ommiades, qui eut lieu vers l'an 750, un jeune homme issu du sang royal, nommé Abdalrahman (1), échappa seul. Il erra depuis les bords de l'Euphrate jusqu'aux vallées du mont Atlas, fut invité par les amis de sa famille détrônée à venir en Espagne, descendit sur la côte de l'Andalousie; et, après une lutte qui se termina d'une manière heureuse pour lui, il fonda, en l'an 755, le royaume de Cordoue.

(1) C'est le prince que nous appelons Abdérame Ier, surnommé le Juste, *si un conquérant peut l'être*, dit le *Dictionnaire historique* de Chaudon et Delandine. On devrait inscrire sur les murs des palais des rois la strophe de l'ode à la Fortune, de Rousseau, qui commence par les deux vers suivans :

> Quels traits me présentent vos fastes,
> Impitoyables conquérans ! etc.

Cette ode a été mise en musique sous Louis XV, et dédiée au Dauphin son fils. On devroit aussi inscrire sur les murs des mêmes palais ces deux vers de Racine :

> Détestables flatteurs, présent le plus funeste
> Que puisse faire aux rois la colère céleste.

(*Note du traducteur.*)

L'exemple de l'Espagne paroît avoir encouragé beaucoup de pareils actes de rébellion. En 812, commença en Afrique une grande révolution qui se termina par l'établissement de deux souverainetés indépendantes dans la dynastie fatimite, dont les siéges furent au Caire en Egypte, et à Fez, sur les bords de l'océan occidental.

## § III. *Les Fatimites d'Afrique et les Ommiades d'Espagne encouragent les lettres.*

Nous avons parlé de l'encouragement qui fut donné aux lettres par Almamon à Bagdad, et qui fut quelquefois imité par ses successeurs de la même dynastie, et étendu à beaucoup d'autres villes. La même conduite nous oblige également d'admirer leurs rivaux les Fatimites d'Afrique et les Ommiades d'Espagne. Les princes de ces deux dernières dynasties devinrent les protecteurs des sciences, et leur exemple, inspirant un esprit général d'émulation, répandit le goût des lettres, en même temps que les récompenses et les traitemens attiroient les savans à leurs cours et excitoient vivement à redoubler d'efforts pour acquérir des talens et les augmenter. Si Bagdad put se vanter, 1° de ses colléges richement dotés dans lesquels on communiquoit noblement l'instruction, 2° des nombreux volumes que cette ville possédoit et qui avoient été recueillis dans tous les pays par la curiosité des studieux et la vanité (1) des riches, le Caire et Cordoue eurent aussi la même distinction éclatante. On dit que la bibliothèque royale des Fatimites consistoit en cent mille manuscrits, et que la collection d'Espagne étoit encore beaucoup plus riche. Cordoue, ainsi que les villes adjacentes de Malaga, d'Almerie et de Murcie donnèrent naissance à un grand nombre d'écrivains, et on rapporte que plus de soixante-dix bibliothèques publiques furent ouvertes dans les villes de l'Andalousie (2). Mais il convient maintenant d'entrer dans plus de détails.

J'ai sous les yeux un ouvrage (3) intéressant sur la littérature des Sarrazins pendant l'époque

(1) Cette prétendue vanité, si vanité il y a, fait honneur aux riches, et il seroit à souhaiter que beaucoup d'eux l'eussent.

(*Note du traducteur.*)

(2) J'ai copié ce court exposé d'après Gibbon, vol. V, en anglais, 52e chapitre, et pag. 247 du 14e vol. de la traduction de Gibbon, par Le Clerc, Cantwell, Desmeunier et Boulard; 1re édition publiée par Moutard, en 1788 et années suivantes. J'ai auparavant consulté les autorités que Gibbon cite, telles que Leo Afric. — D'Herbelot, *Bibliotheca orientalis*; — *Bibliotheca Arabico-Hispana Escurialiensis*, *operá et studio Michaelis Casiri. Matriti, in-folio, tomus prior*, 1760; *tomus posterior*, 1770.

(3) C'est la *Bibliotheca Arabico-Hispana* qu'on vient de citer. L'impression de ce livre fait honneur aux presses de l'Espagne. Les manuscrits, qui sont au nombre de 1851, sont classés judicieusement par Casiri, et ses nombreux extraits jettent quelque jour sur la lit-

la plus brillante de leur gouvernement; et, quoique les volumes qui le composent concernent, dans beaucoup de chapitres, principalement l'Espagne, on reconnoîtra qu'ils présentent un état assez exact, tant du genre que de l'étendue des connoissances à Cordoue ou à Fez, au Caire ou à Bagdad. La même langue étoit parlée et le même goût paroît avoir prévalu dans les siéges de ces empires, quoiqu'ils fussent placés à des distances bien grandes. Il convient néanmoins d'ajouter que beaucoup des ouvrages auxquels je fais maintenant allusion ne sont pas des productions originales de l'école espagnole. J'avoue ici que je ne connois pas les langues orientales; ainsi je témoigne ma reconnoissance aux savans interprètes qui ont transporté l'esprit des écrivains de ces langues dans celles qui sont plus généralement connues en Europe. Si lorsqu'on avoue que ces versions sont le plus fidèles, on n'éprouve pas ces transports d'admiration que ressentent les hommes qui lisent ces auteurs dans les idiomes originaux, la cause doit en être principalement attribuée à la

térature musulmane et sur l'histoire d'Espagne. On n'a plus à craindre la perte de ces monumens. (*Dieu le veuille, et que l'Espagne jouisse de l'ordre et de la paix!* Addition faite en 1822.) Mais il est malheureux qu'on n'ait pas fait ces extraits avant 1671, époque où un incendie consuma la plus grande partie de l'Escurial, qui étoit riche alors des dépouilles de Grenade et de Maroc. *Pag.* 152, *du* 14^e^ *volume de la traduction de Gibbon.*

diversité des mœurs des orientaux, et à leur imagination ardente et même désordonnée. Si le climat plus tempéré de l'Espagne a tempéré le feu des produits de cette imagination, et si la communication avec les chrétiens indigènes a opéré d'autres changemens, pendant que la langue restoit sans altération, les modèles primitifs doivent avoir laissé une impression permanente.

Il faut encore avouer que les volumes arabes contiennent bien des choses qui, selon notre manière de voir, n'ont qu'une valeur locale et un intérêt temporaire. Mais certainement les Arabes seroient autorisés à porter le même jugement sur beaucoup de nos propres productions; et tandis que nous critiquons librement leurs histoires partiales, leurs codes, leurs commentaires sur les lois de leur prophète, leurs interprétations infinies du Coran, et toute la masse de leurs auteurs polémiques, mystiques, scolastiques, et moralistes, nous ne pouvons refuser la même liberté à un critique arabe, qui, étant admis à parcourir les volumes si nombreux de nos bibliothèques, trouveroit bientôt d'amples matières de justes récriminations. Il y a deux choses remarquables, c'est qu'ils aient écrit autant de volumes, et qu'un si grand nombre d'entre eux ait été conservé, quand nous pensons qu'à aucune époque précédente on n'a écrit dans la Grèce ou à Rome autant d'ouvrages, et qu'une bien honteuse négligence, comme j'en ai souvent gémi, déshonore les descendans des Grecs et des Romains. Mais si les Arabes ont beaucoup écrit, il en résulte qu'ils ont beaucoup lu, ou, en d'autres termes, que ce fut un peuple ami des lettres.

## § IV. *Grammaire des Arabes.*

Avant Mahomet, les Arabes ou les Sarrasins (car ces termes sont synonymes pour nous, quelle qu'ait pu être l'origine des derniers), possédant une éloquence naturelle, connoissoient peu les règles de la grammaire. Mais dans une des premières périodes de leurs conquêtes, comme on craignoit que le mélange de tant de nations n'altérât la pureté de leur langue, prévenir cet effet fut pour eux un objet de sollicitude; en conséquence on chargea des savans d'établir des règles, et on fonda des académies dans la même vue. Nous avons encore les noms de trente des anciens grammairiens, parmi lesquels il régnoit une grande différence d'opinions, et on continua de publier des commentaires très prolixes et ayant beaucoup de volumes. La plupart des ces commentateurs étoient espagnols. La grammaire même fournit à l'esprit arabe des sujets de composition poétique; et Ebn (1) Malek, né en Espagne, célèbre pour l'universalité de ses connoissances, qui vivoit dans le treizième siècle, a laissé plus de quarante ouvrages sur la langue, dont cinq ont le nom de

(1) Ebn signifie *fils*, comme Abou signifie *père*. Ces deux mots entrent dans la composition des noms arabes.

poëmes. Lorsque je parle de la langue, on doit entendre que c'est celle de l'Arabie, car les Sarrasins, fiers de leur propre idiome, dédaignoient d'étudier tous ceux des étrangers, et il leur suffisoit que la traduction mît sous leurs yeux les trésors de la Grèce.

Deux cent un volumes sur la grammaire, que la seule bibliothèque de l'Escurial possède, prouvent assez le soin scrupuleux avec lequel on s'occupoit de conserver la pureté de la langue arabe, d'expliquer les règles de sa prononciation ainsi que de sa syntaxe, d'indiquer ses finesses, et d'éclaircir ses obscurités. L'exactitude et l'élégance de transcription, visibles dans beaucoup de manuscrits qui ne remontent pas plus haut que le XVI<sup>e</sup> siècle de notre ère, peuvent être regardées comme une preuve d'une durée prolongée de leur soigneuse industrie. Des ouvrages d'une vraie science philologique sortirent de toutes les écoles des professeurs arabes, et des hommes de talent s'occupèrent eux-mêmes à débrouiller les difficultés de la grammaire, tandis qu'on ne pouvoit trouver de règle fixe de langage dans l'Europe chrétienne; que la langue latine avoit cessé d'être en usage, ou ne servoit plus qu'à fournir des matériaux avec lesquels les dialectes de l'Europe moderne devoient être formés par une marche lente; tandis enfin que celui qui savoit seulement lire étoit réputé un homme érudit. « Ainsi, s'écrie notre orientaliste Casiri, pendant que la

Grèce même languissoit, l'Arabie étoit la nourrice des lettres et l'institutrice de l'Asie, de l'Afrique, et de l'Europe. Les Arabes s'appliquoient avec tant d'ardeur à la culture des lettres et des sciences, que, quoiqu'on puisse presque dire que le monde fut soumis par leurs armes, il est difficile de prononcer s'ils doivent leur plus grande célébrité à l'éclat de leurs exploits ou à la culture tranquille des lettres (1). »

## § V. *Éloquence.*

Il a été observé que les anciens Arabes, quoique naturellement éloquens, avoient un style foible et coupé, ce qui est prouvé par beaucoup de passages du Coran; mais quand des réflexions plus mûres eurent réprimé l'exubérance de leur imagination, ils eurent recours aux modèles plus châtiés de l'éloquence grecque. Ceux-ci furent traduits, et leurs principes furent adaptés au génie de la langue asiatique. A compter de ce moment, ils eurent à se vanter de leurs rhéteurs ou écrivains rhétoriciens, desquels on n'a pas craint de dire qu'ils méritent d'être comparés à Quintilien pour la clarté ainsi que la justesse des préceptes; de même qu'ils luttent avec Cicéron pour la beauté et la richesse du style. Le plus célèbre d'entre eux est Ebn-Alsekaki, Persan, dont le fameux ouvrage est intitulé *La clef des sciences.*

(1) *Bibliotheca arabico-hispana*, t. Ier, p. 1-46.

On a écrit beaucoup de commentaires sur ce livre; et, dans le langage emphatique de ses admirateurs, il a été appelé « un océan sans bornes, répandant dans son cours toutes sortes d'objets précieux. » Que personne, dit Alsekaki dans ses préceptes généraux, ne prétende exceller en écrivant, si son esprit n'a pas été bien exercé à l'école de tous les arts libéraux. Dans sa *Méthode universelle*, Algezeri, autre rhéteur, expose les différentes espèces de connoissances qui doivent être le partage de l'orateur. Celui-ci, suivant cet auteur, doit posséder les règles de la grammaire, ainsi que les principes et les finesses de sa langue; avoir présentes à l'esprit les sentences proverbiales de ses compatriotes, avoir bien étudié les meilleurs poëtes, être versé dans les lois ainsi que dans le Coran, et pouvoir les appliquer promptement; enfin savoir l'histoire, et ne pas ignorer surtout les événemens auxquels les musulmans ont eu part. Dans un troisième ouvrage sur le même sujet de l'art oratoire, Alsiuthi, son auteur, traite de la pureté, de l'élégance, ainsi que de l'énergie de la langue arabe; et, pour donner des exemples de l'application de ses règles, il cite des passages des auteurs les plus estimés, avec leurs témoignages, pour le soutien de sa doctrine.

Quand la trop grande fougue de l'imagination des Arabes fut réprimée par ces règles, nous ne pouvons douter qu'ils se soient élevés jusqu'à un degré parfait d'éloquence. Dans le XI^e^ siècle ou vante Alhariri comme un orateur consommé. Quoiqu'on ne puisse juger bien exactement des originaux d'après les traductions, nous ne pouvons nous empêcher de regretter que sur les soixante-huit ouvrages qui composent cette classe de l'éloquence, on n'en ait pas choisi quelques-uns, pour nous en donner des extraits qui nous présentassent des exemples de la véritable éloquence arabe, conforme et soumise aux règles (1).

## § VI. *Poésie.*

Outre les sept poëtes célèbres qui ont écrit avant Mahomet, et dont les ouvrages sur différens sujets, qui tous n'ont pas beaucoup de rapport avec la poésie, sont extrêmement estimés par les Arabes (2), le catalogue détaillé de ceux qui leur ont succédé dans la même carrière seroit infini. La bibliothèque de l'Escurial ne contient pas moins de deux cents de leurs ouvrages, dont beaucoup sont dus à des auteurs espagnols. A la vérité, les Arabes étoient si adonnés à la poésie, et leur langue étoit si flexible, qu'ils traitoient en vers non-seulement les règles arides de la grammaire, mais encore des questions de philosophie et de mathématique, des sujets de jurisprudence et de théologie; enfin, qu'ils composoient des

(1) *Bibliotheca arabico-hispana*, t. Ier, p. 47-62.

(2) Ils ont été traduits en arabe par William Jones, vol. IV de ses œuvres.

commentaires ou scolies tant sur ces matières que sur toutes sortes d'autres. On a beaucoup écrit sur la mesure poétique de leurs vers, qui, depuis les plus anciens temps, a considérablement varié et a été compliquée, dans leurs élégies, leurs épigrammes, leurs odes, ou leurs satires. Toutefois les louanges de leurs héros, particulièrement de Mahomet, les descriptions des plus belles scènes de la nature, les événemens de la guerre, les vicissitudes de la fortune, les charmes de la vertu, les difformités du vice, la passion de l'amour avec toutes ses modifications et ses effets, ainsi qu'une variété infinie d'apologues ou de contes moraux, sont les sujets qui paroissent les plus propres au goût de la muse arabe.

On a observé que la portion de l'Arabie appelée *Yemen* ou *Heureuse*, à cause de l'agrément délicieux de son climat, et par rapport à la simplicité des mœurs de ses habitans, est la seule ou l'on pût mettre convenablement la scène de la poésie pastorale (1). Placé sous un ciel serein et exposé à l'influence la plus favorable du soleil, Yemen a pris son nom d'un mot qui signifie *verdure* ou *félicité;* car dans ces climats la fraîcheur de l'ombre et des eaux fait naître des idées qui sont presque inséparables de celles de bonheur (2).

(1) Je copie ici l'*Essai sur la poésie asiatique* de Jones, vol. IV, p. 527.

(2) Notre aimable poëte Delille avoit déjà fait remarquer, à la 72e note ajoutée au second livre des

La poésie tire en outre ses principaux ornemens de la beauté des images de la nature; aussi les parfums de l'Yemen et les perles d'Omman, et le musc d'Hadramut, fournissent-ils aux poëtes arabes une foule d'allusions. S'il est vrai que tout ce qui charme beaucoup les sens produit le beau quand il est décrit, que ne doit-on point attendre des poëmes orientaux qui rappellent et peignent si souvent les objets les plus aimables de la nature? De belles expressions doivent naturellement être suggérées par de belles images. Mais la poésie arabe ne se complaît pas seulement dans ce genre. Les objets sombres et terribles, qui produisent le sublime quand ils sont décrits, ne sont nulle part plus communs que dans les Arabies déserte et pétrée; et rien n'est peint plus fréquemment par leurs poëtes, que les bêtes de proie, les précipices, les forêts, les rocs, et les déserts.

Géorgiques, que les Romains, qui vivoient dans un pays chaud, se faisoient une peinture délicieuse des pays où la chaleur est plus modérée :

*O qui me gelidis in vallibus Hæmi*
*Sistat et ingenti ramorum protegat umbrâ !*

On doit remarquer à la gloire du Parnasse français, que nos deux meilleurs poëtes de la fin du XVIIIe siècle ont tous les deux chanté le malheur : savoir, Delille dans le poëme de la *Pitié*, et La Harpe dans le *Triomphe de la religion* ou *le roi martyr*. Le bon Colin-d'Harleville a fait insérer dans le *Journal de Paris* deux lettres où il défend ces deux poëtes contre des reproches qui leur avoient été faits. (*Note du traducteur.*)

Lorsque les objets naturels sont sublimes et beaux (observe le même juge, qui est bien capable de prononcer (1)), on en introduira *de pareils* comme comparaisons, métaphores et allégories ; car l'allégorie est un enchaînement de métaphores, la métaphore est une courte comparaison, et les comparaisons les plus belles sont tirées de la nature. La *rosée de la libéralité* et *l'odeur de la réputation* sont des métaphores très généralement employées ; mais elles sont particulièrement bien placées dans la bouche de ceux qui ont tant de besoin d'être rafraîchis par les *rosées*, et qui sont dans le cas de satisfaire par les plus douces *odeurs* l'organe destiné à les sentir. Lorsque l'on examine beaucoup des figures orientales en faisant attention à ces allusions, elles paroissent posséder une grâce à laquelle, dans nos climats septentrionaux, elles ne peuvent prétendre.

Les Arabes des plaines, comme les anciens nomades, demeuroient sous des tentes, et alloient de place en place suivant la saison, gardant leurs troupeaux et leurs chameaux, répétant les airs de leur pays natal, et passant leur vie à jouir des plus grands plaisirs qu'ils connussent, entourés des objets les plus délicieux, et jouissant d'un printemps perpétuel. Si le climat de chaque nation influe sur son génie, le génie de l'orient doit briller par la vivacité de l'imagination et la ri-

(1) Je copie toujours Jones, *Essai sur la poésie asiatique*, IV$^e$ vol., p. 527.

chesse de l'invention. Étant aussi admirateurs de la beauté dans la figure humaine, les Arabes étoient particulièrement susceptibles de cette passion qui a été appelée avec justice la vraie source de la poésie agréable. L'amour a certainement la plus grande part dans tous leurs poëmes; et il n'y a guère d'élégies, de panégyriques, ou même de satires, qui ne commencent par les plaintes d'un amant infortuné ou les transports d'un amant heureux; ensuite vient la description du cheval ou du chameau qui doit le porter vers la tente où se trouve l'objet de son amour (1).

Indépendamment de cette disposition à la poésie, les Arabes ont l'avantage d'avoir une langue belle, expressive, énergique, sonore, et peut-être la plus riche qui existe. Entourés sans cesse des objets les plus enchanteurs, menant une vie calme et tranquille dans un beau climat, adonnés aux passions les plus douces, et possédant une langue comme celle que nous avons décrite, ils ne pouvoient manquer de tout ce qui est nécessaire pour donner une vigoureuse impulsion au génie poétique, pourvu que leurs mœurs et leurs usages fussent en même temps favorables à la culture de la poésie. Ils se livrèrent donc avec passion à cet art.

(1) *Voyez* les sept anciens poëmes traduits par Jones, vol. IV. *Nota.* On parle souvent de ce qu'on a sous les yeux. Une société littéraire de Limoges a proposé pour sujet de prix l'éloge de la châtaigne et du cheval limousin.

Il est probable que dans le temps de la chevalerie nous apprîmes des Arabes à honorer nos poëtes et nos ménestrels; mais nous ne parvînmes point à ressentir l'enthousiasme de nos maîtres. Chez eux, lorsqu'un poëte débutoit, sa tribu recevoit les félicitations les plus vives. Heureux, s'écrioit la multitude pleine de joie, heureux ceux qui possèdent maintenant un héros qui maintiendra leur honneur, et un chantre qui perpétuera la renommée de leurs exploits! C'étoit dans cette occasion et lorsqu'il naissoit un poulain ou un fils d'une race noble, qu'on se livroit principalement à de pareilles félicitations. On rapporte que, pour entretenir l'émulation parmi les poëtes, les tribus tenoient une fois par an une assemblée générale devant laquelle ceux-ci récitoient leurs compositions, sûrs de recevoir tous les applaudissemens qu'ils méritoient. Même les plus admirées de ces compositions étoient écrites sur de la soie d'Egypte en lettres d'or, comme le furent les sept poëmes célèbres dont j'ai déjà fait mention; et elles étoient déposées dans le trésor public, ou suspendues aux murs de la caaba sacrée, à la Mecque (1). Mais Mahomet,

(1) Voyez la *Bibliothèque orientale* par d'Herbelot, article *Caaba*. Voyez aussi le *Discours préliminaire* de la traduction du Coran en anglais, par Sale, pag. 36. Ce discours a été traduit en français, et a paru in-8°. On le trouve encore dans l'édition de l'*Alcoran* en français, Amsterdam, 1770, 2 volumes in-12.

occupé d'objets plus importans, supprima cette assemblée. Cette suppression nuisit à la culture de la poésie, et, d'après cette interruption, beaucoup des anciens poëmes, qui étoient principalement conservés par la mémoire, furent perdus. Ces jours de barbarie passèrent bien vite, et les cours des princes sarrasins s'ouvrirent de nouveau pour les bardes, dont les chants furent récompensés avec une munificence vraiment royale.

Nous ne devons pas être surpris de ce que, favorisée par une pareille protection et par des honneurs si encourageans, la poésie soit parvenue à un si haut degré chez les Sarrasins. En même temps, aucune des causes qui chez nous avoient altéré la langue n'avoit commencé à agir chez eux, et ils avoient eu le plus grand soin de conserver la pureté de la leur. Une autre cause qui concourut encore à cette conservation fut le mépris qu'ils avoient pour les langues des autres nations, quoiqu'ils appréciassent le mérite des ouvrages écrits dans ces idiomes. Mais les hommes les plus versés dans la connoissance des langues regrettent qu'aucune traduction ne puisse rendre et nous faire connoître l'élégante douceur des poëtes arabes. C'est un inconvénient qui ne peut être évité, quand même il y auroit plus de degrés d'approximation dans l'idiome, dans les mœurs nationales et dans les objets de la nature, qu'il n'en existe entre l'Europe et l'Asie.

L'horreur de l'idolâtrie étoit si profondément gravée dans le cœur des Arabes, que, quoiqu'ils eussent éprouvé du plaisir en goûtant les beautés plus sages de l'école des Grecs, ils ne purent se laisser déterminer à lire leurs poëtes, ou à permettre qu'on les traduisît. Aussi paroissent-ils n'avoir pas connu la mythologie des Grecs; mais ils ont eu une mythologie qui leur étoit propre, composée d'un grand nombre d'êtres spirituels, qui auroient pu être convenablement introduits dans le poëme épique, s'ils avoient suivi les règles d'Aristote, dont ils faisoient profession d'admirer les ouvrages, ou si les poëtes de la Grèce avoient captivé leur attention. Ils ne connoissoient que le nom d'Homère, et on ne peut pas même dire qu'ils connussent celui de Virgile, ni d'aucun autre poëte de l'Occident. On a quelquefois reproché aux chrétiens d'Espagne et d'Afrique qu'ils cachoient aux Maures les ouvrages classiques de l'ancienne Rome, ou même qu'ils n'en connoissoient pas le prix; mais les auteurs latins n'étoient pas estimés même par les Grecs. D'ailleurs il est bien connu que la cause que j'ai déjà assignée empêchoit les Arabes de lire nos poëtes.

Les Arabes ne connoissoient pas de compositions dramatiques adaptées à la scène, et ils paroissent n'avoir pas connu les noms des auteurs tragiques et comiques de la Grèce; mais ils suppléoient à ce qui leur manquoit à cet égard par une espèce d'écrits qui étoit plus faite pour le genre de vie retiré de leurs femmes, et qui consistoit en contes où l'on trouve les ramifications infinies de l'invention asiatique. L'Europe a puisé abondamment à cette source (1).

Comme ce seroit un objet qui seroit peu intéressant, je n'ai point spécifié les noms ni mentionné le contenu et le style particulier des ouvrages des poëtes les plus célèbres, tels qu'on les trouve dans la collection de l'Escurial. Ce qui a été généralement observé peut suffire; j'ajouterai seulement que, tandis que la délicatesse des Arabes sur plusieurs points dans lesquels leur foi paroissoit intéressée a été extrême, et que, jusqu'à un certain degré, elle peut nous faire rougir, leur liberté licencieuse et dégoûtante, en traitant d'autres sujets, a passé toutes les bornes. Mais cette liberté ne manqua pas d'être sévèrement critiquée par ceux qui les gouvernoient.

## § VII. *Philologie.*

Sous le chapitre de la philologie on cite et on présente un mélange de sujets sérieux et plaisans; et comme le lecteur peut être curieux de voir de quelle manière le savant espagnol (2) a procédé dans son laborieux ouvrage, je vais citer le pas-

(1) Si l'on veut mieux connoître les poëtes asiatiques, on peut consulter les ouvrages de William Jones, et plusieurs autres ouvrages modernes.

(2) Casiri.

sage suivant : « Le premier, dit-il, des soixante-dix ouvrages de philologie est un exemplaire qui n'est inférieur à aucun pour l'élégance et la beauté de l'écriture, décoré de lignes et d'astérisques d'or, et terminé le quatrième jour du mois de Gémadi, l'an 789 de l'hégire, et 1387 de Jésus-Christ, pour l'usage du roi de Maroc : il contient un ouvrage en prose et en vers, très estimé des Arabes, intitulé *Discours académiques hariréens* (1), du nom de son auteur Hariri. » Ces discours, qui sont au nombre de cinquante, peuvent être regardés comme des modèles d'après lesquels on peut juger le goût, l'élégance et les connoissances des Arabes. Ils peignent les mœurs du siècle et tirent leurs titres, soit du nom des personnes devant lesquelles ils ont été prononcés, soit des lieux où ils l'ont été. Ainsi, l'un est appelé *Alcailiat*, d'après Cail, ancien prince arabe, qui fut nommé *le Grand*, à cause de ses exploits; et un autre est appelé *Alsananiat*, d'après Sanaa, principale ville de l'Arabie Heureuse. L'auteur, Alhariri, natif de Bassora, mourut en l'an 1121 de l'ère chrétienne, ce qui répond à l'an 515 de l'hégire. Il fut si célèbre dans toutes les académies, que les hommes les plus savans ne purent s'empêcher de faire son éloge, et qu'ils écrivirent même des commentaires sur ses ouvrages. « Les discours

(1) M. Silvestre de Sacy va publier ces discours ou séances d'Hariri.

de Hariri, observe Schirazi, devroient être écrits sur des feuilles de soie et d'or, et non sur du parchemin ou de la toile. » Il ajoute ensuite : « Sa diction est concise, élégante, et pleine de grâce ; sa méthode et son style abondant sont des modèles de l'art de bien écrire, et personne ne montre mieux le caractère et les beautés de la langue arabe. Dans tous ses discours, qui sont ornés des fleurs de la rhétorique, on voit beaucoup d'exemples, et ceux-ci sont présentés dans des passages tantôt propres à tirer des larmes par l'expression de la tristesse, et tantôt propres à divertir et amuser par leur gaieté.

Un autre ouvrage d'Ebn Arabscah, de Damas, qui consiste dans des contes et des fables, met au grand jour son origine vraiment arabe : « L'histoire d'un roi arabe, les avis d'un roi de Perse, les conversations et discussions d'un homme avec le roi des génies, les mots et les actions d'une chèvre, le jugement d'un lion solitaire, les opinions d'un chameau errant, l'histoire du roi des oiseaux, et beaucoup d'autres pièces dont le but est d'instruire et d'apprendre l'art du gouvernement par des discours élégans et agréables. »

Asba Alazadi, de Corduba ou Cordoue, dans le XII^e^ siècle, écrivit les *Descriptions des choses et leurs propriétés*, ouvrage appelé les *vers d'or*, dans lequel, après avoir décrit d'abord exactement tout ce qui paroît appartenir à l'homme, il décrit dans toutes ses parties le cheval, sujet favori des Arabes, et détermine quel est son caractère et quelles sont ses qualités qui méritent d'être louées ou blâmées; il passe ensuite au chameau ainsi qu'à divers autres animaux.

Un autre écrivain né à Cordoue, mais habitant la Sicile, dans le XI^e siècle, composa un ouvrage extrêmement moral, et partagé en sections, sur la disposition d'esprit avec laquelle on doit supporter les événemens de la vie, en se soumettant à la volonté du ciel, sur le chagrin ou la pénitence, sur la patience, sur la conformité de nos volontés avec celle de Dieu, ainsi que sur la pureté et la discipline de la vie.

D'après les figures peintes, qui sont en grand nombre dans cet ouvrage, et d'après les sujets qu'elles représentent, il sembleroit qu'il a été transcrit plutôt par un chrétien que par un copiste arabe. On y donne en général les noms des transcripteurs et la date précise du manuscrit (1).

Mais n'oublions point de parler du vénérable Locman. On dit qu'il étoit Éthiopien ou Nubien, extrêmement difforme, mais si célèbre pour sa sagesse qu'il fut nommé *le Sage*. Il est reconnu qu'il vécut à une époque d'une antiquité reculée, et probablement pendant les règnes de David et de Salomon. Ses fables et ses maximes morales, écrites pour l'instruction du genre humain, furent re-

(1) *Bibl. arab.-hisp.*, tom. I, pag. 142-165.

gardées par les habitans de l'Orient comme un don du ciel, et ils les reçurent comme un ouvrage inspiré. « Ainsi, dit l'Être divin dans le Coran, nous donnons la sagesse à Locman (1). » Ésope et Locman sont-ils le même personnage ? Il est assez probable que la Grèce dut à l'Orient les fables qu'elle réclame sous le nom d'Ésope. L'Orient étoit au moins le pays des apologues, genre d'écrits particulièrement analogue à son génie. D'ailleurs l'histoire des deux sages est si parfaitement semblable, tant par rapport à leurs caractères qu'aux incidens de leurs vies, que le récit de la vie de l'un doit avoir été emprunté de la vie de l'autre. Douter, en ce cas, seroit ne pas connoître le caractère grec. Cependant il y a des difficultés chronologiques qui sont assez embarrassantes (2).

## § VIII. *Lexicographes.*

Une autre preuve du grand soin avec lequel la langue arabe étoit cultivée, peut être tirée du grand nombre de lexiques et de dictionnaires destinés à éclaircir ses obscurités et à fixer le sens propre des mots. Il parut dans les premières années de l'hégire un ouvrage de ce genre, qui fut suivi de beaucoup de productions semblables,

(1) C. 31.

(2) *Bibl. arab.-hisp.*, tom. I, pag. 63-141. Voyez aussi *Bibl. græca*, l. II, c. 9, t. I. D'Herbelot, *Bibl. orient.*, tom. I.

contenant tant de choses et tant de détails qu'elles ne laissent rien à désirer. Parmi les lexicographes on distingue particulièrement Geuhari et Firuzabadi. Le premier vivoit à l'époque la plus brillante de la littérature arabe, le second vers son déclin. Ceux qui étudient les regardent comme deux étoiles polaires propres à les guider sûrement. Firuzabadi vécut dans le XV^e siècle, le huitième de l'hégire, fut grandement honoré par beaucoup de princes, et l'on dit qu'il reçut du Tartare Tamerlan cinq mille pièces d'or, comme une récompense de ses travaux. Son ouvrage, tel qu'il l'avoit d'abord projeté, devoit avoir soixante volumes qu'il réduisit à un seul. Le nombre des manuscrits qui concernent cette branche de littérature est de quarante-trois (1).

## § IX. *Philosophie.*

Malgré le goût vif que les Arabes eurent de bonne heure pour celles des études qui avoient un rapport immédiat avec le perfectionnement de leur langue, ils ne s'appliquèrent point aussi promptement à cultiver de plus hautes sciences. Ils s'étaient depuis long-temps livrés à la médecine, et ils avoient fait des observations en astronomie; mais ils étoient étrangers à la philosophie, et leur prophète ainsi que ses successeurs immédiats avoient voulu que le Coran seul occupât les

(1) *Bibl. arab.-hisp.*, tom. I, pag. 166-177.

pensées des musulmans, plutôt que des recherches qui pouvoient conduire à le mépriser. La Providence avoit d'autres vues; et tandis que les lettres se retiroient avec dégoût des royaumes chrétiens, ces Arabes étoient prêts à les cultiver avec ardeur à la cour de Bagdad et dans beaucoup d'autres villes de leur empire.

Ce fut à la cour de Bagdad que la voix de la philosophie commença d'abord à être entendue. Les ouvrages des sages grecs furent traduits, des écoles furent ouvertes, et on étudia les sciences avec tant de passion que nous y voyons en même temps un concours de six mille étudians. On ressentit le même zèle en Afrique et en Espagne, et nous avons de magnifiques descriptions de leurs colléges; mais Aristote fut le maître qu'ils suivirent principalement, s'ils ne le suivirent même pas exclusivement; et c'est sur son texte que furent fondés les différens systèmes de philosophie qui unirent quelquefois, mais qui divisèrent plus souvent les écoles arabes.

Le premier de leurs philosophes les plus célèbres fut Alkendi de Bagdad, qui donna des leçons dans cette ville pendant le IXe siècle de notre ère, et fut appelé dans le langage de l'Orient « la racine du siècle, le phénix dans le cercle des sciences, et le philosophe des Arabes. » Il composa plusieurs traités sur la logique, la géométrie, l'arithmétique, la musique, l'astronomie, avec des commentaires sur les ouvrages d'Aristote, auquel il fournit implicitement son jugement sur toutes les questions.

Alkendi fut suivi dans le siècle suivant de Thabet-Ebn-Korra, qui écrivit sur les mêmes sujets, ainsi que sur les livres d'Euclide, et qui, comme son prédécesseur et beaucoup d'autres sages arabes, joignit la profession de la médecine à l'étude de la philosophie.

Le Xe siècle vit aussi fleurir Alfarabi, qui ayant étudié avec un rare succès à Bagdad, où on lui rendoit des honneurs, et où on le prioit avec les plus vives instances de rester, se retira de ce brillant théâtre, et joignant dans la retraite la pratique à la théorie, se dévoua lui-même aux recherches intellectuelles. Dans les temps où l'on avoit observé la morale avec le plus de rigidité, la Grèce n'avoit rien vu de plus sévèrement moral que ne le fut la vie d'Alfarabi. Il avoit coutume de dire : « Un pain d'orge, une source d'eau, et un manteau de laine, sont préférables aux voluptés qui finissent par le repentir. » Il trouva en cette retraite une source de plaisirs vrais et durables dans les ouvrages d'Aristote, qu'on dit qu'il lut deux cents fois, et qui furent le sujet de soixante traités particuliers qu'il composa pour l'instruction de ses compatriotes. On peut trouver qu'il travailla trop sur ce philosophe grec; mais l'étendue de son travail prouve, ce qu'il est important de savoir, combien ce genre de connoissances des Grecs occupoit et charmoit l'esprit des Arabes. Alfarabi composoit aussi de la musique et accompagnoit sur le luth ses compositions. A la cour du sultan de Syrie, où des chanteurs exécutoient une de ses pièces, et où il jouoit lui-même, les auditeurs éclatèrent de rire par un mouvement irrésistible. Il changea de pièce, et tous les yeux furent remplis de larmes; mais au troisième changement un assoupissement soudain s'empara de l'assemblée, et le sultan s'endormit.

Vers le même temps Al-Aschari, afin d'expliquer la nature des décrets divins et leur influence sur les actions humaines, appliqua la manière subtile de raisonner des péripatéticiens aux dogmes de l'islamisme, et mettant la division parmi les professeurs de cette religion il établit une secte théologique qui acquit bientôt un ascendant presque universel. Ses livres furent lus dans les écoles comme les paroles mêmes de la vérité, et ses axiomes ainsi que ses vers furent appris par cœur.

Un autre grand homme, célèbre tant dans la philosophie que dans l'art de guérir, fut Al-Razi, qui, quoique Persan, enseigna et exerça à Bagdad dans le X^e^ siècle, et qui fut fameux sous la dénomination du Galien arabe. Il résida dans la suite à la cour de Cordoue, laissant des ouvrages sur un grand nombre de sujets variés; mais on dit qu'il dut sa réputation principalement aux Grecs, dans les écrits desquels il étoit bien versé.

Al-Razi fut suivi, dans le même genre, d'Avicenne, son compatriote, encore plus célèbre, qui nous a instruit lui-même de l'ardeur avec laquelle il étudia la philosophie, la théologie et la médecine. Il imprimoit exactement dans sa mémoire les leçons du Coran et les livres méthaphysiques du Stagirite, et il étudioit sans maître les théories d'Euclide. « Ensuite, quand je me trouvois arrêté par quelques difficultés, repassant, dit-il, mes études philosophiques, je me rendois au temple, où j'adressois les plus humbles prières à mon Créateur jusqu'à ce que mon esprit fût éclairé. La nuit je travaillois encore à la lumière de la lampe; je résistois avec succès au besoin du sommeil, et finissant par triompher j'acquis presque tous les genres de connoissances. »

Néanmoins il nous est permis de douter qu'il ait acquis toutes ces connoissances scientifiques, s'il mettoit beaucoup de confiance dans les illuminations célestes, ou s'il comptoit être aidé par les songes naturels dont il fait aussi mention. Un grand malheur des étudians arabes fut que, ne sachant pas la langue grecque, ils travailloient seulement sur des traductions qui, en général, étoient extrêmement défectueuses, comme on le découvrit dans la suite. L'ouvrage étoit souvent confié à des chrétiens d'Asie qui n'entendoient pas bien les originaux; et la première traduction se faisoit d'abord en syriaque, sur lequel ensuite on traduisoit en arabe (1). Les philosophes arabes

(1) Voyez *Epist. Renaudoti ad Dacerium bibl. græca*, tom. I, pag. 861.

s'égaroient souvent en suivant ces guides trompeurs ; cependant ils n'en étoient pas attachés avec moins d'enthousiasme à leurs théories, surtout Avicenne. Il est même accusé d'avoir pris aux Grecs, dans tous ses ouvrages, soit de médecine, soit de philosophie, tout ce qu'ils avoient de plus précieux, et d'avoir fait ces larcins sans jugement.

Parmi les musulmans africains ou maures, nous trouvons dans le XII^e siècle Essachali, Sicilien, homme versé dans toutes sortes de sciences, mais plus célèbre pour ses recherches géographiques.

Il écrivit sur ce sujet un ouvrage d'une grande étendue, qui fixa particulièrement l'attention de Roger, Normand et comte de Sicile, qui ordonna qu'on le traduisît en latin, et qui s'efforça beaucoup, mais inutilement, de retenir l'auteur près de sa personne. L'Espagne eut Avenzoar et Thophail. Le premier est regardé comme ayant fait faire d'utiles progrès à la médecine arabe, en rejetant de vaines théories. Le second a composé plusieurs ouvrages admirés, et fut le sectateur fidèle d'Aristote. Tous deux ne sont pas moins connus, comme ayant été les maîtres du grand Averroès.

Averroès naquit dans le XII^e siècle, à Cordoue, et il y fit ses études; il posséda la haute dignité de juge et de pontife. Mais comme il essaya de concilier les doctrines d'Aristote avec celles du

Coran, et d'expliquer les unes à l'aide des autres, il fut accusé d'hérésie, privé de sa place, et exposé à une suite de persécutions et de vexations. Il mourut à la cour de Maroc, et rentra en partie dans les bonnes grâces de son souverain, dans le commencement du siècle suivant.

Averroès eut de grandes vertus, son administration fut sage, il s'appliqua constamment à l'étude de la philosophie, et les habitudes générales de sa vie furent si louables, qu'en lisant les anecdotes qu'on rapporte sur lui, on croit être remonté aux jours de Socrate, et contempler encore une fois l'âme de ce philosophe transportée, par une heureuse métempsychose, dans le corps du sage arabe. Il écrivit sur Aristote des commentaires si fameux qu'ils lui ont fait obtenir par suite κατ' ἐξοχὴν le nom du *commentateur*. Il expliqua la philosophie de Platon, quoique ce dernier parût être moins du goût des Arabes. Il entreprit aussi une défense générale de la cause de la philosophie, quoiqu'on ait observé que lui-même connoissoit très-imparfaitement ses vrais principes, tels qu'ils étoient enseignés dans les écoles de la Grèce. Le catalogue de ses ouvrages, en différens genres, depuis *l'art de raisonner* jusqu'à celui de la *musique*, est nombreux. Tandis qu'Averroès a été regardé par ses contemporains et par nos savans eux-mêmes, comme un prodige de science, des critiques plus modernes le regardent comme un admirateur infatué d'Aristote, dont il ne comprenoit pas les ouvrages.

Gazali, né en Asie, homme ayant de rares connoissances comme philosophe, théologien, juriste, et poëte, florissoit encore dans le XII^e^ siècle, à son commencement. Il parut à Bagdad vers le temps où fut terminée la construction du *grand collége*, pour lequel on avoit dépensé des sommes considérables et qui étoit alors richement doté. Gazali n'avoit point de rivaux dans le nombre incroyable de savans réunis pour donner des leçons sur toutes les branches de la science. Il fut honoré par le calife, courtisé par les magistrats, en même temps que ses leçons étoient suivies par des citoyens de tous les rangs. Il passa ainsi un grand nombre d'années, après lesquelles il quitta la chaire, théâtre de sa gloire. Ayant ensuite distribué ses richesses aux indigens, et pris l'habit de pèlerin, il visita la Mecque, le Caire, Alexandrie, et retourna enfin à Bagdad, où il mourut en l'année 1111. Les ouvrages de Gazali sont nombreux, et on y trouve beaucoup de compositions poétiques sur des sujets d'amour et de morale. L'historien (1) observe que les derniers sont les plus estimés; mais il auroit pu dire aussi que beaucoup d'entre eux, quoique trèsélégans dans la langue où ils ont été composés, ne peuvent point aisément être traduits en latin.

Quoique j'aie sous les yeux les noms de plus

(1) Leo Afric., *in Bibl. græca*, tom. XIII. Voyez aussi *Bibl. orient.*

de quatre-vingt-dix autres philosophes, avec l'énumération de leurs ouvrages, il suffit d'avoir choisi et indiqué le peu d'entre eux que je viens de nommer, pour faire voir clairement avec combien de zèle les Arabes cultivoient les sciences, et quel fut le caractère général de leurs études après qu'ils eurent connu la philosophie de la Grèce. Mais quoique leurs facultés intellectuelles fussent ainsi exercées, il ne fut répandu aucune lumière sur ces sujets qui avoient le plus besoin d'être éclaircis. Les absurdités de l'islamisme conservèrent leur autorité, et on employa pour les soutenir les raisonnemens subtils de l'école péripatéticienne, qui furent eux-mêmes obscurcis encore par des commentaires sans fin.

La philosophie de la Grèce, telle qu'elle étoit cultivée par les Arabes, avoit perdu beaucoup de sa pureté originaire, sans acquérir aucun nouveau prix. Satisfaits d'exercer leurs facultés intellectuelles en discutant des questions abstraites, ils n'examinoient point la preuve des premiers principes, et en traitant des effets naturels ils ne consultoient point la nature elle-même, et l'expérience de l'observation journalière. Mais tandis que la philosophie étoit alors abandonnée entièrement par les Latins, et peu cultivée par les Grecs, elle recevoit très-heureusement un accueil favorable des Arabes; elle fut respectée, chérie, et cultivée par eux jusqu'à ce que l'Occident sortit de sa honteuse apathie, et l'invita de revenir. Lors de son retour, elle étoit chargée de l'embarrassant attirail qui lui avoit été imposé par les travaux réunis des commentateurs grecs, syriaques et arabes; ainsi nous ne devons pas être surpris de ce que paroissant dans cette forme elle ait donné naissance au *scolasticisme* de notre moyen âge. Ce scolasticisme étoit la vraie philosophie des écoles arabes dans les questions ordinaires de recherche profane, et elle étoit appliquée, dans celles de théologie, aux objets spéciaux du code chrétien (1). Nous devons être étonnés, observe Denina (2), quand nous apprenons que nos ancêtres ont emprunté à ces mêmes mahométans, que sans cesse ils injurioient, la plus grande partie des doctrines qui furent enseignées pendant beaucoup de siècles dans les écoles chrétiennes. Telle fut la doctrine sur l'Être divin et ses attributs, la grâce et le libre arbitre, les actions humaines, la vertu et le vice, la punition éternelle et le ciel. Les titres mêmes des ouvrages composés sur ces sujets par les Arabes et les disciples des écoles chrétiennes, se ressemblent tellement que les uns doivent avoir été copiés sur les autres.

(1) *Bibl. arab.-hisp.*, tom. I, pag. 178-207. J'ai aussi consulté sur ce sujet le savant Brucker, tom. III, pag. 1-157; et Leo Africanus, *De viris illustribus ap. Arabes in Biblioth. græc.*, t. XIII.

(2) *Vicende della letter.*, l. 1, c. 47. Voyez Buchon, traduction de Dugald Steward.

## § X. *Morale et ascétisme.*

Il y avoit une liaison entre la philosophie des Arabes et leurs idées de morale, et entre les exercices de cette piété abstraite qui est connue sous le nom d'ascétisme. Les ouvrages traitant de ces sujets, et cités dans la *Bibliotheca arabo-hispana*, forment soixante-dix-neuf volumes. Les écrits de morale des Arabes sont remplis d'excellens préceptes : je citerai entre autres celui d'Ebn-Abilnur, né en Espagne, qui traite des devoirs des princes, et qui expose quelle doit être la règle de leur gouvernement, quelles vertus ils doivent pratiquer, et ce qu'on peut leur permettre pour qu'ils se délassent des fonctions austères de leur état. Cet écrivain leur recommande l'agriculture, les arts et la discipline militaire. Il décrit ensuite le danger qui menace la monarchie espagnole, si ces objets sont négligés, si on n'estime et n'encourage point le savoir et la probité, si les provinces sont gouvernées par des agens incapables et mercenaires, si les champs ne sont pas cultivés, si les arts sont méprisés, si les soldats sont efféminés, si leurs armes sont couvertes de poussière, enfin s'il existe une consternation universelle quand l'ennemi menace. L'ouvrage contient d'ailleurs des anecdotes qui l'embellissent, et de nombreux documens tirés des auteurs grecs et arabes.

Les ouvrages sur la morale générale ou contenant des exhortations à la vertu, dont la beauté est souvent tracée avec l'éclat du coloris oriental, ou tendant à détourner du vice dont les traits hideux sont peints avec une égale énergie, abondent en apophthegmes, paraboles, ou histoires amenées à propos et racontées élégamment, qui insinuent l'instruction, fixent l'attention et amusent l'esprit. — Ils adoptèrent cette méthode dans leurs discours publics ou les sermons qu'ils prononçoient devant le peuple. Le prédicateur, après avoir rendu grâce au ciel, et avoir fait une profession publique de sa croyance, prioit pour la conservation du prince régnant et la prospérité de son royaume. Il s'adressoit ensuite à l'assemblée en la suppliant de prêter l'oreille à la parole de Dieu avec un cœur docile. Ensuite, le sujet étoit exposé et appuyé par des textes du Coran, et par les autorités des sages. Après quoi, l'orateur déclamoit fortement contre le vice et exhortoit son auditoire à la pratique de la vertu.

Les ouvrages ascétiques des Arabes, c'est-à-dire qui traitent de la vie contemplative ou monastique, sont en grand nombre. Des monastères furent établis de bonne heure chez les sectateurs de Mahomet, et les devoirs de la retraite sont souvent décrits. C'est de là que leur théologie mystique paroît avoir tiré son origne. L'Espagnol Altai écrivit sur ce sujet beaucoup de traités, dans lesquels il parle du bonheur de la retraite ainsi que de la vie solitaire, des conférences journalières que les membres de la communauté devoient tenir sur leurs progrès dans la vertu et sur le châtiment des péchés ; à quoi il ajoute des conseils et des moyens propres à faire parvenir encore à de plus hauts degrés de pureté. — Un autre auteur parle d'une âme livrée à la contemplation ainsi que du repos et de l'annihilation de toutes ses facultés. Quand, dit-il, un individu est parvenu à ce point, il est admis à la participation des dons les plus sublimes, et à la révélation des mystères célestes. — Dans un troisième ouvrage sur la méthode de contemplation, intitulé le *Livre des révélations*, il est dit que l'abstraction qui sépare l'esprit du corps et de tous les objets terrestres, est un état auquel on a observé que beaucoup de moines étoient arrivés, et dans lequel, par une séparation totale de la terre, ils n'étoient plus susceptibles des impressions des sens.

Mais je suis insensiblement porté à quitter cet objet de recherches ; car, avec quelque élégance que ces sujets puissent être traités d'après la flexibilité de la langue arabe, ils n'ont pas de rapport avec la littérature.

## § XI. *Médecine.*

J'ai déjà parlé de la médecine, comme ayant été cultivée par beaucoup d'Arabes d'un talent distingué, conjointement avec l'étude de la philosophie. Néanmoins ce sujet demande encore quelques développemens. L'art de guérir, dans sa plus simple forme, a dû commencer avec l'existence de l'homme; mais il devint plus compliqué et demanda plus d'étude à mesure que les maladies augmentèrent par suite de l'intempérance et du changement de climat, et d'après plusieurs autres causes. La haute antiquité de leur origine doit nous porter à penser que les Arabes, les Égyptiens et les autres peuples nés dans les contrées de l'Asie se livrèrent à la pratique de la médecine dès les temps les plus reculés; mais des récits montrent que, même à l'époque bien plus moderne de Mahomet, peu d'encouragement étoit donné à cet égard, au moins aux étrangers, et que la tempérance générale qui prévaloit parmi les sectateurs de Mahomet donnoit peu d'occasions d'exercer le talent médical. Néanmoins le goût pour les connoissances des Grecs ne se fut pas plutôt emparé des esprits des Arabes, qu'il fut dirigé avec ardeur vers l'étude des auteurs grecs qui avoient écrit sur la médecine. Quelques-uns d'entre eux, ainsi que leurs philosophes, furent traduits pendant l'heureux califat d'Almamon, et ce même important travail fut continué par une suite de traducteurs, parmi lesquels Honain-Ebn-Isac occupe une place distinguée.

Honain, qui étoit chrétien et médecin, florissoit à Bagdad vers le milieu du IX^e^ siècle, quelques années plus tard que le fils de Mesué, dont j'ai déjà parlé, et de qui il est dit avoir été l'élève. Pour se perfectionner lui-même dans la connoissance de la langue de la Grèce, il avoit voyagé dans cette contrée, où il avoit conversé avec les savans et lu les ouvrages des fameux écrivains grecs. De là, il se rendit à Bassora, ville célèbre par la pureté de son dialecte arabe. A son retour à Bagdad, il fut invité par le calife régnant à entreprendre, comme son maître l'avoit fait, la traduction des auteurs grecs, et à présider, comme lui, aux ouvrages de ceux qui se livroient aux travaux de ce genre. Il raconte lui-même avec quel soin il exécuta sa propre tâche; qu'il ne faisoit de changement dans le texte qu'après les plus mûres réflexions, et que dans les passages obscurs et ambigus, il consultoit plusieurs manuscrits et conversoit avec des savans. Versé comme il l'étoit dans la connoissance des deux langues, prenant tant de soins, et suivant un plan aussi réfléchi, Honain doit s'être acquitté avec fidélité du travail qu'il s'étoit imposé; et si son exemple eût été suivi, je ne crois pas que les traductions arabes eussent pu être critiquées généralement comme barbares et inexactes : il paroît, au surplus, que les traductions faites par Honain ou son maître, d'après les originaux grecs, furent en petit nombre, comparativement, et que ce fut souvent d'après le syriaque qu'on fit ces versions. Cette langue étoit celle qui étoit entendue principalement par les chrétiens employés à la cour de Bagdad. En même temps, ils traduisoient souvent dans cette langue, comme nous pouvons l'affirmer avec confiance, sans entendre bien eux-mêmes les originaux grecs. Ainsi, les fautes qu'ils faisoient ne pouvoient manquer de se perpétuer, passant d'abord dans l'arabe, et ensuite, avec de nouvelles erreurs, dans les premières versions latines des écoles chrétiennes (1).

L'ouvrage par lequel Honain est le plus connu comme traducteur, est la version des *aphorismes d'Hippocrate, avec les commentaires de Galien*; mais outre cette traduction et plusieurs autres qui sont estimables, il composa beaucoup d'ouvrages originaux, principalement dans l'art où il excelloit.

En parcourant la liste de plus de cent volumes, je trouve le nom d'Ebn-Albaithar, Espagnol-Maure, qui fut célèbre par ses connoissances en médecine et en botanique, et par l'élégance polie de son style; sa vaste érudition étoit fortifiée par une pratique étendue, qui avoit examiné tout ce que la nature présente et tout ce qui étoit le fruit des recherches de ses prédécesseurs grecs et arabes. Pour augmenter ses connoissances en botanique, il parcourut beaucoup de contrées de

(1) *Epist. Renaudoti ad Dacierium bibl. græc.*, t. I; *et de barbaricis Aristotelis versionibus, ibid*, tom. XII.

l'occident de l'Afrique et de l'Asie. Il reçut partout des honneurs dans son voyage; et souvent il étoit revêtu des plus hautes dignités, dans les lieux où il s'arrêtoit quelque temps. Albaithar passa plusieurs années à la cour de Saladin, le digne antagoniste de Richard Cœur-de-Lion; après la mort de ce sultan, il revint en Espagne, et mourut à Malaga, vers l'an 1197. Son principal ouvrage traite des *vertus des plantes*. Il écrivit aussi sur *les poisons, les métaux et les animaux*.

Un contemporain d'Albaithar et même d'Averroès fut le juif Maimonides, natif de Cordoue. Il avoit puisé dans l'étude des anciens de grands trésors de connoissances dans les mathématiques, la médecine, ainsi que les autres arts; et il étoit regardé comme profondément instruit des dogmes particuliers de sa religion. Néanmoins, dans une occasion, il abjura sa croyance par crainte, et il se soumit à celle de Mahomet. Bientôt après, il quitta l'Espagne, et s'étant retiré en Égypte, il reprit son ancienne croyance, et publia des ouvrages sur différens sujets. Particulièrement ceux qui traitent de la médecine furent beaucoup lus. Les juifs le regardèrent comme un sage, et il jouit d'une grande estime auprès d'Averroès et des autres savans maures (1).

(1) Leo Afric., *De medicis et philosophis hebræis*, *bibl. græc.*, tom. XIII.

Je vais citer encore un autre juif Espagnol, Abraham-Ibnu-Sahal (1), qui est rangé au nombre des savans, mais qui est plus célèbre pour ses chansons ou compositions lyriques. L'agrément de ces poésies les fit beaucoup admirer, mais les anciens de la nation se plaignirent de leur tendance immorale et firent tout ce qu'ils purent pour en arrêter la circulation. Leurs efforts furent vains. « Il n'existe, dans la ville de Cordoue, observa-t-on au juge suprême, ni un homme, ni une femme, ni un enfant, qui ne sache par cœur les chansons d'Abraham-Ibnu-Sahal. » «Ma seule main, répondit-il, n'a point le pouvoir de fermer la bouche de mille personnes ; » mais il prédit que la ruine seroit bientôt le partage d'un peuple qui pouvoit s'occuper de frivolités pareilles, et dont les mœurs étoient ainsi corrompues. On dit que pour faire taire ce corrupteur, il fut empoisonné. Il mourut en 1245.

Ayant parlé des juifs, je dois en outre observer que les chrétiens et eux, pendant le temps de la splendeur des Sarrazins, se distinguèrent par la profession des arts domestiques, le commerce des livres, et la connoissance qu'ils acquirent des langues au moyen de leurs voyages. A la vérité, si l'on excepte l'art lucratif de la médecine, leur savoir dans les autres genres étoit léger en général; mais attendu que les Arabes, fiers de

(1) Leo Afric., *De medicis et philosophis hebræis*, *bibl. græc.*, tom. XIII.

leur supériorité, regardoient comme honteux et dédaignoient d'apprendre les langues, même celle des Grecs auxquels ils devoient tant, il falloit bien qu'ils eussent recours à des auxiliaires étrangers.

Je quitte avec quelque regret cet article de la médecine, parce qu'il présente beaucoup d'anecdotes intéressantes, et qu'il prouve l'ardeur avec laquelle les Arabes cultivoient cette science. En examinant ce sujet, on voit, en outre, quels progrès ils avoient faits dans cet art, quelles étoient chez eux les maladies dominantes, et quels remèdes on y appliquoit le plus généralement. La nature paroît avoir été leur principal guide, et ils appliquoient aux maux ceux des secours que leur offroit le riche règne végétal (1). Ceci me conduit à parler de l'histoire naturelle qui est immédiatement liée à la médecine.

## § XII. *Histoire naturelle.*

Comme Albaithar, marchant sur les pas du grec Dioscoride et suppléant par ses commentaires à ce que ce dernier avoit omis ou n'avoit pas connu, avoit révélé à ses compatriotes les secrets les plus profonds de la nature, relatifs à ses métaux, ses plantes et ses animaux, comme étant plus directement utiles par rapport à l'art qu'il professoit, nous en pouvons justement conclure, sans recherche ultérieure, que ce qui étoit appelé l'*His-*

(1) *Bibl. arabo-hispan.*, tom. I, pag. 234-317.

*toire de la nature* formoit pareillement une partie des connoissances des Arabes. Mais nous l'apprenons encore par les ouvrages écrits expressément sur ce sujet. La richesse et la beauté des productions de la nature, étalées dans les diverses régions qui avoient été subjuguées par les armes des Mahométans, et dont ils étoient alors paisibles possesseurs, ne pouvoient manquer d'attirer l'attention de tous les observateurs curieux. A la vérité, on trouve sur ce sujet beaucoup moins de volumes, car il n'y en a que dix, mais ce peu est intéressant et renferme beaucoup de choses. Il est assez vraisemblable que l'incendie qui, en 1671, consuma une portion si considérable de la bibliothèque de l'Escurial, déploya sa fureur sur cette partie de ce riche trésor.

Algiaheth composa un livre sur les animaux, pour lequel il tira quelques matériaux des ouvrages tant d'Aristote que de plusieurs autres écrivains. Abilphath-Ebn-Alderaiham, traita le sujet plus en détail, décrivant la nature, l'état, les propriétés des quadrupèdes, des oiseaux, des poissons et des insectes. Je trouve aussi un traité, fait avec soin, sur les *chevaux* (ce qui fut toujours un sujet favori pour les Arabes), et un autre sur la chasse avec des chiens et avec des oiseaux de proie, ouvrage qui est plein de recherches curieuses. Les auteurs de ces traités étoient Espagnols.

Un ouvrage d'Albiruni, sur les pierres précieuses, est très-loué. Cet écrivain vivoit dans le

XIe siècle, et composa beaucoup d'écrits d'une grande érudition. N'étant point satisfait de la littérature de son pays, il voyagea quarante années dans différentes régions, examinant les trésors de la Grèce et les plus anciens monumens de l'Asie. Il prolongea son séjour dans l'Inde; et tandis qu'il tiroit, des communications des sages de ce pays, les maximes de leur discipline primitive, il leur fit connoître en échange la philosophie des écoles grecques. Nul de ses contemporains, dit celui qui a écrit sa vie, ne l'égala pour la science, particulièrement pour la connoissance des étoiles, et nul ne l'a égalé depuis. Il étoit également supérieur dans tous les genres de recherches, grands ou petits.

Un ouvrage de l'utilité la plus considérable, et qui est également un grand objet de curiosité, est un traité sur l'*agriculture*, par l'espagnol Ebn-Alavuam. Cet auteur vécut dans le XIIIe siècle, et l'on dit qu'il fut illustre par sa naissance et célèbre pour son savoir. Peu d'écrivains ont fait un examen plus vaste du sujet, et il a rendu son ouvrage encore plus précieux par des extraits d'auteurs orientaux, grecs, africains, arabes et latins, dont il s'efforce d'accommoder au sol et au climat de l'Espagne les observations sur la culture de la terre et sur d'autres points analogues. L'ouvrage est divisé en trente-quatre chapitres, dans lesquels le cultivateur des jardins et le fleuriste trouveront une ample instruction, indépendamment de ce que les objets intéressant l'agriculteur y sont principalement traités en détail. Beaucoup de parties de l'histoire naturelle y sont aussi examinées avec soin, et le total de l'ouvrage prouve l'attention et la constance singulière avec lesquelles les Espagnols-Maures se consacroient à l'agriculture; il montre aussi quels progrès ils avoient faits dans cette science, et quels étoient les grains, les fruits et les fleurs qui croissoient généralement dans l'Espagne. On dit que les Maures y naturalisèrent les productions indigènes de l'Afrique, et même de contrées plus orientales, mais on ne trouve plus beaucoup de ces objets dans cette partie du monde. Ces produits émigrèrent avec leurs maîtres, ou plutôt, n'étant plus cultivés avec leur vigilance patiente et leurs tendres soins, ils languirent et moururent. Les annales arabes rapportent des exemples étonnans de la fertilité ainsi que de la population des provinces espagnoles, lorsque les rois de Grenade seuls pouvoient lever cent mille chevaux, tant pour leur propre usage que pour la guerre; et un nombre d'hommes double de celui-là, étoit quelquefois rangé en bataille contre leurs ennemis chrétiens (1).

Une partie de ce traité a été traduit en espagnol par le bibliothécaire de l'Escurial (2), et peut-

(1) *Bibl. arab. hisp.*, tom. I, pag. 318-338.

(2) *Ibid.*, pag. 323. Cet ouvrage a été publié en arabe et en espagnol, il y a une vingtaine d'années.

être avant lui la totalité en a été traduite aussi dans la même langue.

## § XIII. *Mathématiques.*

Quoique le génie des Arabes se soit appliqué avec une étonnante flexibilité à tous les genres de science, c'étoit les recherches les plus abstraites et les plus difficiles qu'il aimoit le plus, comme il a déjà été prouvé par le caractère de sa philosophie. Nous avons vingt-huit volumes sur des sujets de *mathématiques*.

Albategni fut célèbre par ses connoissances en astronomie ainsi que par beaucoup d'autres. Quant à la géométrie, l'arithmétique, l'algèbre et la théorie de la musique, nous avons une longue liste d'auteurs tant espagnols qu'asiatiques qui ont écrit sur ces sciences. Nous possédons même une notice concise de leurs vies et de leurs principaux écrits. Les ouvrages de Ptolémée exercèrent aussi l'esprit des Arabes, tandis qu'Alchindi, autant qu'il nous est permis d'en juger d'après ses nombreux volumes, parcourut la totalité du cercle des sciences les plus sublimes. Mais l'astrologie judiciaire, ou l'art de prédire les événemens futurs d'après la position et les influences des étoiles, étoit leur sujet favori d'étude ; et beaucoup de leurs philosophes, excités par différens motifs, consacrèrent tous leurs travaux à ce genre de recherches, futile, mais lucratif. Ils parlent souvent avec de grands éloges de cette discipline iatromathématique, qui pourroit empêcher ou réparer les malheurs auxquels l'homme est sujet, et régler les événemens de la vie.

Les dogmes de l'islamisme, qui inculquent une soumission sans réserve aux décrets suprêmes et impérieux du ciel sont évidemment opposés aux leçons de l'astrologie; mais les terreurs de la superstition, l'inquiétude que cause l'avenir, et l'ascendant exercé par l'artifice sur la foiblesse et la crédulité, ont dans tous les temps plus que contre-balancé le sens simple et le sage calcul. Si nous jetons un coup d'œil sur l'histoire des peuples, même de ceux qui passent pour éclairés, nous nous croirons autorisés à conclure que les Arabes n'étoient que superficiellement instruits, parce qu'ils prêtoient l'oreille aux prédictions astrologiques, et croyoient à l'efficacité supposée des amulettes et des talismans.

Après avoir étudié les écrivains grecs pour s'instruire, les Arabes s'occupèrent des livres des sages réputés les instructeurs primitifs du genre humain, parmi lesquels Hermès étoit regardé comme le premier. Ils font mention des écrits composés par lui, ou plutôt par eux, attendu qu'ils supposent, d'après d'autres auteurs, qu'il y a eu trois personnages portant le nom d'Hermès. Le titre imposant de trismégiste a été donné à l'un d'eux, et les Arabes, d'après d'anciens monumens, suivant que nous pouvons présumer, décrivent avec beaucoup de détails sa personne et son caractère. Ils publièrent aussi, comme servant à éclaircir leur discipline astrologique, quelques écrits attribués au persan Zoroastre, qui, à les entendre, prédit à ses concitoyens que, dans des temps postérieurs, une vierge concevroit un fils, et qu'une étoile paroîtroit à sa naissance. « Et vous, mes enfans, vous serez le premier de tous les peuples qui apercevrez cette étoile se levant. Quand vous la verrez, suivez-la où elle vous conduira, offrez-lui vos dons, adorez l'enfant, car il est le *Verbe* qui a fait les cieux (1) ».

Nous ne serons pas surpris de ce qu'en travaillant à découvrir les secrets de la nature, les Arabes se soient occupés des extravagantes spéculations de l'alchimie, et qu'ils aient cherché la pierre philosophale. Toutes les nations, en voulant faire des progrès dans les sciences, ont donné dans ces aberrations intellectuelles.

Mais, avec quelque passion que les Arabes se soient occupés de ces sujets ingrats et d'autres du même genre, il faut avouer que leurs écrits sont remplis de connoissances solides et instructives, dont les Espagnols possédèrent une grande partie. Ils répétèrent tout ce qu'Archimède et Apollonius de Perge avoient enseigné, et y ajoutèrent beaucoup d'éclaircissemens. Ils traduisirent

(1) Ce passage est tiré d'Albupharage (*Dynast. Hist.*, pag. 54). Cet auteur, du XIIIe siècle, étoit Arabe à la vérité, mais il étoit aussi chrétien.

les élémens d'Euclide, et tous les autres ouvrages qui avoient été fameux dans la Grèce. En même temps, ils étoient loin de manquer d'auteurs originaux, et on en compte quatre-vingt-sept comme s'étant distingués dans les différentes branches des mathématiques ou de l'astronomie. Les instrumens même, qui servent à cultiver cette dernière science, furent inventés ou perfectionnés par eux (1).

Je ne dois pas oublier de dire combien nous devons aux Arabes pour avoir facilité la connoissance et la pratique de l'arithmétique. Les Romains ne firent pas de grands progrès dans la science des nombres ; et les Grecs eux-mêmes, en étant beaucoup plus avancés, ne furent point maîtres de l'art, quoiqu'il soit probable que leurs écrits ont fourni les principes d'après lesquels les Arabes ont été plus loin.

Je passe, comme sur des objets de peu d'intérêt, sur deux cent soixante volumes de *jurisprudence*, c'est-à-dire de droit civil et canonique, ainsi que sur beaucoup de commentaires et d'éclaircissemens du texte du Coran (2). Quant à cet ouvrage extraordinaire, aussi remarquable par ses prolixités basses et extravagantes que par la simple vérité et la sublimité de beaucoup de passages, je n'ai pas encore fait remar-

(1) *Bibl. arab. hisp.*, tom. I, pag. 339-444.

(1) Voyez le discours préliminaire ou l'introduction de Sale, pag. 79.

quer, à ce que je crois, que, par rapport au temps, c'est le premier ouvrage arabe écrit en prose, sur lequel nous ayons quelques renseignemens. Mais de quelque manière qu'il ait été compilé, son incohérence et le défaut d'ordre montrent clairement que l'esprit qui a présidé à cet ouvrage fut excité par une imagination ardente et vive, qui n'étoit point réprimée par les règles et qui ne connoissoit point les lois sévères de la composition. En d'autres termes, tout le contexte du Coran prouve que son auteur étoit un véritable Arabe. L'élégance et la pureté de son style dans le dialecte de la tribu des koreischites sont universellement reconnues, et ce livre est regardé comme le modèle de la langue arabe, en même temps que les hommes les plus orthodoxes soutiennent qu'il ne peut être imité par aucune plume humaine. Ceux qui connoissent la puissance de la beauté du style attribuent à l'harmonie, à la facilité, ainsi qu'à l'abondance de celui du Coran, l'influence persuasive de ce livre sur l'esprit des Asiatiques, en dépit de toutes ses absurdités incroyables.

Nous mettrons aussi au nombre des ouvrages n'ayant pas un grand intérêt ceux qu'on peut appeler *dogmatiques* et *scolastiques*, quoiqu'on puisse regarder comme curieux les titres et les sujets de quelques-uns (1). En considérant

(1) *Bibl. arab. hisp.*, tom. I, pag. 445-541.

l'ensemble de ces recherches en différens genres, nous sentons encore plus la vérité de l'assertion générale, que le génie ainsi que la langue des Arabes étoient propres à traiter tous les sujets.

## § XIV. *Géographie.*

Mais il nous reste à parler des sujets les plus intéressans, la géographie et l'histoire. Les conquérans arabes possédoient beaucoup de régions étendues et fertiles, qui avoient été le théâtre des guerres ainsi que des exploits de leurs califes et de leurs généraux. Les guerres conduisoient à faire des descriptions auxquelles la géographie dut sa naissance; les exploits appeloient le génie de l'histoire. Aussi parmi leurs écrivains nous voyons les uns nous exposer et nous peindre la situation et les climats des pays, les formes des cités, les caractères et les mœurs des peuples, tandis que les autres sont occupés à faire connoître la naissance des royaumes, la suite des événemens, l'administration des gouvernemens, la bonne et la mauvaise conduite des gouvernans, et les vies des hommes renommés pour leur vertu, leur sagesse et leurs connoissances.

Sous le premier chapitre nous ne pouvons qu'être affligés du peu de volumes arabes qui nous restent, car nous n'en avons que sept, ce qui doit être attribué au funeste incendie dont nous avons déjà parlé. Au moins nous trouvons quelque compensation dans leur importance.

Dans le treizième siècle, Alcazuini, Persan, publia un ouvrage très-estimé, intitulé les *Prodiges des nations*, dans lequel, ayant lui-même parcouru la plus grande partie de l'Afrique et de l'Asie, il donne les noms des contrées, des îles, des cités, des montagnes, des rivières, avec leurs situations et leurs descriptions. On dit que son ouvrage est également remarquable par la fidélité du tableau et par l'élégance du style. Il se met ensuite à décrire, avec la même instruction, la religion, les institutions, les mœurs, le gouvernement, les arts, le commerce de chaque nation, en y donnant encore avec un pareil soin des détails sur les végétaux les plus rares, les métaux, les pierres précieuses, les fossiles, les quadrupèdes, les oiseaux et les poissons. Quand il ne pouvoit en parler d'après sa propre observation, il y suppléoit d'après les meilleurs écrits et renseignemens; de sorte que son ouvrage peut être regardé comme un répertoire, non-seulement de la science géographique, mais encore de l'histoire naturelle et civile (1).

Des autres écrivains qui ont traité de la géographie, soit générale, soit particulière, quatre sont Espagnols; et l'on doit observer par rapport à tous, qu'ils créent souvent des difficultés, par leur manière de donner les noms des

(1) Un abrégé que Casiri avoit composé en latin, de ce précieux ouvrage, étoit près d'être imprimé en 1770.

villes et des cités, qui sont si différens de ceux employés par les Grecs et les Latins. Quelques-uns d'eux aussi (ce qui n'est pas un reproche pour des auteurs de géographie) ne font guère que copier ceux qui ont avant eux écrit dans le même genre ; on compte particulièrement dans ce nombre l'écrivain ou les écrivains anonymes de l'ouvrage appelé la *Géographie nubienne*, qu'on suppose avoir copié ou abrégé sous ce titre l'ouvrage plus considérable d'Alédrisi. Ce dernier, d'une origine royale, écrivit dans le XII^e^ siècle (1), et quelque précieux que son ouvrage puisse être aux yeux des savans, celui de l'abréviateur nubien, traduit plus d'une fois, a été considérablement loué. Sa description du monde en général, et particulièrement de l'Asie, de l'Afrique et de l'Espagne, passe pour mériter beaucoup d'éloges, et on dit que personne ne l'a surpassé pour la pureté de l'arabe.

Je dois parler ici de Léon l'Africain, que j'ai plus d'une fois cité comme l'auteur des *Vies de certains philosophes arabes*. Il étoit né à Grenade, qu'il quitta en 1492, lors de la prise de cette ville par Ferdinand roi d'Aragon, après laquelle il se retira en Afrique, ce qui lui a fait donner le surnom d'Africain. On y ajouta ensuite celui de Léon, lorsqu'après différens voyages,

(1) Alédrisi paroît être le même personnage qu'Essachali dont j'ai parlé, paragraphe IX, pag. 40.

étant allé à Rome sous le pontificat du célèbre Léon X (1), il embrassa la religion chrétienne. Il reçut de ce pontife beaucoup de marques de bienveillance, mais il retourna ensuite en Afrique où il adopta de nouveau les dogmes du Coran. Il fixa alors sa résidence à Tunis, ville dans laquelle il écrivit sa *Description de l'Afrique*, ouvrage qui contient beaucoup des faits curieux, et qu'il traduisit lui-même en italien, à ce que je crois avoir lu quelque part.

Quoique ce puisse être étranger à mon sujet, je crois qu'on m'excusera si je dis brièvement que le géographe Ebn Fadhl, qui vivoit vers le milieu du XIII^e^ siècle, fait mention de la poudre à canon, comme étant employée par les Arabes. On sait que les Grecs et les Romains faisoient usage de dards brûlans, et d'autres armes rougies, qui étoient lancées à la main ou avec des machines. Ebn Fadhl parle des instrumens de guerre employés de son temps de la manière suivante : « Des corps, ayant la forme de scorpions, liés en rond et remplis d'une poudre de nitre, forment un jet, font un bruit agréable, et brûlent. Mais il y en a d'autres qui, jetés en l'air, s'étendent comme un nuage, rugissent horriblement de même que le tonnerre, vomissent des flammes de tous côtés, éclatent, brûlent et réduisent en cendres tout ce qu'ils rencontrent. »

(1) La Vie de Léon X, par Roscoe, a été traduite en français. La traduction a eu trois éditions.

Plusieurs récits plus récens prouvent que cette terrible poudre, soit qu'elle vienne des Chinois ou des Indiens, étoit connue des Sarrazins, ou employée dans leurs guerres, long-temps avant le siècle où l'on suppose qu'elle a été découverte en Europe (1).

Je raconte, avec plus de plaisir, que les Arabes firent usage du papier dès le VIII^e siècle. On le fabriquoit avec du linge ou de la soie, et l'on peut présumer qu'ils apprirent cet art des Persans ou des Indiens plus orientaux, qui excelloient dans l'art de l'écriture, et dont l'encre, ainsi que les autres couleurs, avoient un éclat particulier (2).

(1) Puissent tous les gouvernemens, et notamment les souverains qui ont donné à leur union le nom *de sainte alliance*, s'interdire l'usage des fusées à la Congrève, avec lesquelles on a fait sauter des vaisseaux entiers, et fait périr en un instant des milliers d'hommes. L'emploi de pareils moyens de destruction est la honte de notre siècle et de l'humanité. Si on le laisse subsister, on verra périr en peu de momens un nombre infini de victimes de la guerre, les bibliothèques les plus précieuses et les plus beaux monumens des arts. Puissent la plupart des écrivains exprimer le même vœu dans leurs écrits, pour accélérer le jour où tous les peuples demanderont l'abolition de cette invention infernale. Une académie devroit proposer pour sujet de prix de poésie l'achat que fit Louis XV du secret du feu grégeois, afin que l'auteur ne publiât pas cette affreuse découverte. Voyez sur ce feu l'*Angleterre ancienne* de *Strutt*. (*Note du traducteur.*)

(2) *Bibl. arab. hisp.*, pag. 1-14.

## § XV. *Histoire.*

Il nous reste le sujet important de l'histoire; mais avant de parler plus au long des trois écrivains arabes distingués qui sont le plus connus en Europe sous les noms d'Abulpharage, d'Abulféda et de Bohadin, je vais d'abord jeter un coup d'œil sur les cent soixante-dix-sept volumes dont le recensement termine l'examen des richesses de la bibliothèque de l'Escurial.

Il paroît que les écrivains arabes n'ont négligé de traiter aucun des sujets qui pouvoient occuper la plume de l'histoire parmi ceux qui avoient quelque rapport avec les armes ou les arts des conquérans arabes dans toute l'étendue de leurs différens domaines. Dans l'Inde, dans la Perse et dans l'Espagne, nous les trouvons infatigablement occupés à recueillir des instructions, et (toutes les fois qu'ils n'ont pu faire des recherches par eux-mêmes) à transcrire les ouvrages des autres. On a remarqué déjà que les Arabes espagnols voyageoient beaucoup; et cette circonstance, en même temps qu'elle étendoit la sphère de leurs connoissances, donnoit à leur langue une richesse et une variété particulières. Les savans s'accordent dans cette opinion favorable au dialecte maure.

Abi Nassar, Abu Said, et Alnovairi (1), nés

(1) M. Silvestre de Sacy a fait un savant article sur cet auteur sous le nom de *Nowairi*, dans le XXXIe volume de la Biographie de Michaud.

dans des siècles de l'hégire différens, et ayant habité des contrées différentes, entreprirent de traiter de l'*Histoire générale ;* et l'ouvrage du dernier de ces écrivains embrasse particulièrement un vaste champ. Ses recherches remontent loin dans l'antiquité, tandis que dans les temps plus modernes elles vont jusqu'à notre XIII$^{e}$ siècle en partant des rois de Perse, d'Alexandre-le-Grand, et des Ptolémées, ses successeurs, des empereurs assyriens et romains, ainsi que des événemens de l'Afrique et de l'Occident. L'ouvrage d'Alnovairi en dix volumes est très-estimé par les Arabes. On peut classer sous le même chapitre beaucoup d'ouvrages biographiques, particulièrement celui d'Ebn Khalcan, Syrien vivant dans le même temps, qui présente par ordre alphabétique les vies des musulmans de tous les siècles et de toutes les nations, qui se sont rendus illustres dans la paix ou dans la guerre, et qui se sont distingués par leurs talens littéraires ou leurs vertus civiles.

Pendant qu'ils s'occupoient de sujets en quelque sorte éloignés, il étoit vraisemblable que l'Arabie, la mère commune de tous, ne seroit pas négligée. Aussi avons-nous plusieurs volumes qui rapportent avec beaucoup de détails ou décrivent d'une manière particulière tout ce qui concerne son histoire, ses antiquités, ses habitans, son langage, son sol et ses produits; mais j'ai déjà assez parlé de ce sujet. Je me contenterai donc de dire que les chevaux mêmes ont leurs généalogistes et leurs historiens.

De l'Arabie, dans la description de laquelle la Mecque, comme on peut l'imaginer, passe bien souvent sous les yeux du lecteur, nous sommes transportés par d'autres écrivains dans la Perse et même dans l'Ethiopie. Le célèbre Alsinthi, Égyptien, dont il a déjà été fait mention, a, dans le long catalogue de ses écrits scientifiques, un ouvrage très-élégant intitulé le *Triomphe Éthiopique*, qui contient l'histoire de cette nation dégradée et présente le tableau des bonnes qualités nombreuses dont cet historien croyoit que les Éthiopiens étoient doués ; il essaie aussi de rechercher les causes de cette couleur qui a été la source de leur misère, et il fait connoître les opinions des autres écrivains.

Le même auteur a éclairci avec une tendresse filiale l'histoire de l'Égypte sa patrie, et il donne les noms de cinquante autres écrivains qui ont traité le même sujet. Le pays qui a été le berceau de la science ne pouvoit manquer d'hommes qui chantassent ses louanges; et attendu que le Caire qui devoit sa fondation aux Sarrazins étoit devenu le siége du gouvernement et que les Arabes devoient beaucoup aux écoles d'Alexandrie (1), pour les riches trésors de la littérature grecque qu'ils possédoient

(1) On connoît l'ouvrage de Matter sur l'école d'Alexandrie.

alors ; le souvenir des obligations qu'ils avoient à ces écoles, ainsi que d'autres motifs, les portoient naturellement à donner quelque témoignage de leur reconnoissance dans l'histoire de la splendeur qu'avoit alors cette ville et dans les vies de ses savans citoyens.

Les historiens de beaucoup d'états qui s'étendent le long de la côte septentrionale de l'Afrique, particulièrement du royaume de Maroc, sont nombreux. Leurs ouvrages contiennent l'exposition de la suite de leurs princes dans leurs diverses dynasties, la description des cités et des mœurs de leurs habitans, et souvent l'énumération des noms et des écrits de leurs savans. Fez fut fondé dans le II^e^ siècle de l'hégire, et Maroc dans le cinquième. Nous avons des descriptions magnifiques de la splendeur de ces villes. Il paroît certain que beaucoup de leurs princes furent de grands protecteurs des sciences, et nous en avons une preuve dans les bibliothèques considérables qu'ils formèrent.

L'histoire des califes étoit un sujet favori des écrivains arabes (1). Ils ne tarissent jamais sur les éloges de Mahomet, et il faut avouer que beaucoup de ses exploits, ainsi que de ceux des califes, ses vicaires et successeurs, furent assez éclatans pour inspirer de l'enthousiasme aux

(1) Voyez l'*Histoire des Sarrazins*, par Ockley, extraite des écrivains arabes. Il y en a une traduction française.

poëtes et occuper la trompette de la renommée. J'ai déjà observé que dès qu'il n'y eut plus de royaume à conquérir, ou plutôt dès que leur ambition fut rassasiée et que Bagdad fut fondée, la nouvelle dynastie des Abassides tourna ses pensées vers les recherches pacifiques de la science. « Ils passèrent, dit un de leurs historiens, leurs agréables heures de loisir avec les savans et les hommes de goût. » Ces derniers, ainsi que ceux qui leur ressembloient, eurent grand soin de rappeler dans leurs écrits les bienfaits de leurs généreux patrons, de transmettre à la postérité des récits détaillés des événemens de leurs règnes, de leurs habitudes domestiques, des vertus qui les caractérisoient particulièrement, des pensées sages ou agréables qui échappoient de leurs lèvres. Rien n'égale la beauté de la langue arabe dans ces récits, genre de mérite qui leur est particulièrement propre.

Certainement on doit être affligé, dit Ockley, de ce que, tandis que les Arabes puisoient à beaucoup de sources de science, ils n'aient point appris la langue grecque, et étudié Hérodote, Thucydide, Xénophon, et les autres bons écrivains dont les ouvrages étoient sous leurs yeux. Si les Arabes l'avoient fait, on auroit pu espérer de posséder une série d'écrivains dignes de transmettre le souvenir des exploits de leurs héros. Mais ils n'ont jamais dirigé leurs pensées vers ce but; n'estimant pas d'autre langue et d'autre style que les leurs. A la vérité, la simplicité de leur récit a souvent des beautés frappantes; et les contes les plus prolixes, quoique remplis d'incidens frivoles, plaisent par l'intérêt dramatique que le dialogue ne manque jamais d'exciter; mais il faut plus que ce mérite, et plus que l'emploi des mots les plus propres et les plus expressifs, pour former un écrivain parfait. Celui qui veut obtenir ce titre glorieux doit être patient dans ses recherches, judicieux dans le choix de ses matériaux, et savoir les disposer avec méthode et clarté.

Nous allons maintenant nous occuper de l'Espagne.

Abu-Baker Ebn-Alabar, Arabe-Espagnol, publia dans notre XIII^e siècle un ouvrage intitulé : *le Vêtement de soie*, dont les critiques font de grands éloges. Ils disent que sa diction est singulièrement pure et adaptée au sujet ; que son style est élégant, concis, noble, et entremêlé d'observations justes. Il traite des rois d'Espagne et de Mauritanie, divisés en sept centuries, et des grands, généraux, préfets, préteurs, et ministres, qui furent fameux par leurs écrits. Il fait connoître leur vie, leur caractère, les dignités auxquelles ils furent élevés, leur fortune, leur mérite, en ayant soin, à mesure qu'il en parle, de choisir, dans leurs compositions, des passages qu'il commente avec délicatesse et jugement. Mais il sépare avec soin, de cette réunion brillante d'hommes distingués, tous ceux auxquels les lettres n'ont pas d'obligation, réservant leurs vies pour les discuter séparément, mais dans le même ordre des Centuries, à la fin de son ouvrage. Cet écrivain borne ses extraits principalement à l'Espagne.

Dans le II$^{e}$ siècle de l'hégire, par lequel Alabar commence, parce que la monarchie espagnole fut fondée alors par Abdalrahman (1), le progrès des sciences fut souvent retardé par l'incertitude du sort de l'état, quoique ce prince fût lui-même poëte, et que plusieurs de ses successeurs et de leurs ministres aient été fameux par leurs connoissances diverses. Le III$^{e}$ siècle de l'hégire, qui est le neuvième de l'ère chrétienne, s'ouvrit sous de meilleurs auspices. Abdalrahman, le second du nom, fut, sur le trône de Cordoue, un prince qui unit la science militaire avec l'amour des lettres, et que ses manières pleines de grâce firent aimer de ses sujets. Il fut remarquable par sa fermeté et son amour de la vérité. Il ne viola jamais ses promesses, et il regarda comme un crime chaque mensonge. Ses guerres furent une suite de victoires. Les généraux qu'il employa furent distingués par leur bravoure, ses ministres le furent par leur sagesse; en même temps que par ses soins et ses faveurs il attacha les sa-

(1) Nous avons francisé ce nom et nous disons *Abderame*.

vans à sa personne. Il pava Cordoue en pierres, l'orna de beaucoup de palais, et conduisit l'eau par des tuyaux de plomb, des collines voisines dans la ville; enfin, ce qui mérite particulièrement d'être remarqué dans une histoire littéraire, il célébra lui-même, dans des vers élégans, ces ouvrages et ces travaux auxquels il se livra, tant dans la guerre que dans la paix. Ses trois successeurs, le dernier desquels vit le siècle finir, marchèrent sur les traces d'Abderame, à l'exception d'Almonderi. Ils furent renommés également pour leurs succès militaires, pour les qualités de leur esprit, et pour leur amour des connoissances, qu'ils manifestèrent aussi par leurs compositions littéraires. On vit dans leurs cours et dans leurs conseils une suite non moins brillante de grands hommes.

Un troisième Abderame, et le plus célèbre, orna et honora encore le trône d'Espagne. Son règne commença avec le IV^e^ siècle de l'hégire, qui forme notre XI^e^ siècle, il fut le plus long et le plus heureux de tous ceux qu'ont eus les princes arabes. Les factions, les troubles et les guerres civiles, qui avoient souvent désolé le pays, furent partout étouffés par sa prudence et son courage. La justice fut rendue impartialement, la terre fut enrichie par les bienfaits de la paix; les sciences, les arts, et toutes les connoissances, encouragés par les faveurs et l'exemple du prince, furent cultivés avec un enthousiasme général. A trois mille de Cordoue, Abderame construisit la ville, le palais et les jardins de Zehra en l'honneur de sa sultane favorite. Il invita par ses libéralités les plus habiles artistes du siècle à se rendre dans ce lieu, et les bâtimens furent ornés de douze cents colonnes de marbre espagnol, africain, grec et italien. La salle d'audience fut incrustée d'or ainsi que de perles, et un grand bassin placé au centre fut entouré de figures d'oiseaux et de quadrupèdes curieux et d'un grand prix. Le harem de ce prince, c'est-à-dire, ses femmes, ses concubines et ses eunuques noirs, montoient à six mille trois cents personnes. Enfin il étoit suivi à l'armée d'une garde de dix mille cavaliers dont les ceintures et les cimeterres étoient garnis de clous d'or. Telle fut la magnificence du monarque arabe; mais lorsqu'une maladie fatale l'eut étendu sur son lit, il adressa le discours suivant à ceux qui l'entouroient; en l'entendant, nous croirons plus d'une fois entendre parler le fils de David. « Maintenant, dit Abderame, j'ai régné plus de cinquante ans, tantôt victorieux, et tantôt jouissant de la paix, chéri de mes sujets, redouté de mes ennemis, et respecté par mes alliés; j'ai joui tant que j'ai voulu, des richesses, des honneurs, des plaisirs et de la puissance; enfin aucun genre des félicités terrestres ne paroît m'avoir manqué. Dans cette situation, j'ai compté avec soin les jours d'un bonheur pur et vrai, qui ont été mon partage. Ils montent à quatorze. — O homme!

ne place point ta confiance dans ce monde où tu vis. »

Il fut remplacé par son fils Alhakem, qui hérita non-seulement du sceptre, mais encore du bonheur, des qualités, ainsi que du savoir de son père. On rapporte que tous les arts libéraux lui étoient familiers, et qu'il réunissoit à ces avantages une connoissance profonde de la jurisprudence. Il écrivoit des notes sur tout ce qu'il lisoit; et les marges des livres dont il s'étoit servi étoient remplies de ses remarques. Étant jaloux en outre de répandre l'amour des lettres parmi ses sujets, il attira beaucoup de savans de l'Orient par l'offre de grandes récompenses, et sa collection de livres qui avoit été faite à grands frais surpasse toute croyance. Sa bibliothèque n'étoit pas composée de moins de six cent mille volumes; et leur seul catalogue formoit quarante-quatre volumes ou registres. L'Académie de Cordoue fut fondée sous les auspices d'Alhakem. On établit, dans d'autres villes, des colléges et des bibliothèques, pendant que plus de trois cents écrivains exerçoient leurs talens sur différens objets d'érudition.

Ce fut l'âge d'or de la littérature en Espagne, et il est à remarquer que cet âge coïncide avec le période le plus obscur de nos annales européennes. La résidence royale de Cordoue contenoit vers ce temps six cents mosquées, neuf cents bains, et deux cent mille maisons. Le prince donnoit des lois à quatre-vingts cités du premier ordre, ainsi qu'à trois cents du second et du troisième. Les fertiles bords du Guadalquivir étoient ornés de douze mille villages et hameaux. Il peut y avoir quelque exagération orientale dans ce récit, mais il est généralement reconnu que cette époque décrite par les Arabes fut une époque de richesse et de magnificence, où l'on se livra avec zèle à la culture des talens et des connoissances. « Ce fut, dit un voyageur judicieux (1), le siècle de la grandeur et de la galanterie des Arabes, qui rendit les Maures de l'Espagne supérieurs à tous leurs contemporains dans les arts ainsi que dans la guerre, et qui fit de Cordoue l'une des plus belles villes de l'univers. Cordoue fut le centre de la politesse, du goût et du génie. Les joutes et les tournois, ainsi que d'autres spectacles dispendieux, furent long-temps les amusemens d'un peuple riche. C'étoit le seul royaume de l'Occident où l'on étudioit et cultivoit régulièrement la géométrie, l'astronomie et la médecine. » Swinburne auroit pu ajouter à cette liste toutes les branches de la belle littérature. Alhakem régna quinze ans et cinq mois.

Depuis ce temps, les factions commencèrent à prévaloir, quoique des princes instruits et de savans hommes se présentent encore de tous

(1) *Swinburne's travels*, pag. 280. Le voyage de Swinburne en Espagne a été traduit en français.

côtés à nos regards. La dynastie des Omniades s'éteignit dans le commencement du siècle suivant. Ils furent remplacés par les Almoravides; mais la révolution changea la face de la monarchie des Arabes. Les gouverneurs des provinces, les ministres d'état, les principaux officiers de l'armée et les chefs des principales familles s'élevèrent eux-mêmes au rang de princes indépendans; de sorte qu'il y eut bientôt presque autant de royaumes que de villes. Cordoue, Tolède, Séville, Jaen, Lisbonne, Tortose, Valence, Murcie, Almerie, Grenade et les îles Baléares, eurent leurs souverains respectifs. Les princes chrétiens qui avoient conservé la possession des provinces septentrionales, d'où ils entretenoient une guerre perpétuelle, profitèrent de ces divisions pour essayer de reprendre les territoires qu'ils avoient perdus, et ils finirent par réussir.

Aussi tard que le milieu de notre quatorzième siècle, Mohamed-Ben-Abdalla composa un ouvrage intitulé la *Bibliothèque universelle*, titre sous lequel on avoit publié beaucoup de livres du même genre. En restreignant dans le sien ses recherches à l'Espagne, il fit connoître les vies et les ouvrages de ceux des Espagnols Maures qui avoient obtenu quelque célébrité littéraire depuis le premier établissement de la monarchie jusqu'à son propre temps. Il ne nous reste que cinq parties de ce précieux ouvrage originairement composé de onze, et ces cinq mêmes ne sont pas complètes. Mais nous devons d'autant plus l'admirer qu'il n'est pas complet ; en effet, si nous examinons attentivement la liste des auteurs dont il y est parlé, leurs ouvrages dans les différens genres de la belle littérature, ainsi que les troubles qui désolèrent alors les différens gouvernemens ; si, dis-je, nous comparons ensuite une période égale des temps modernes les plus tranquilles et les plus éclairés, ainsi que les auteurs qui ont fleuri dans ces temps et leurs ouvrages, nous ne balancerons pas de prononcer que la décision doit être en faveur de l'Espagne Maure.

Trois autres ouvrages sur le même sujet et sous le même titre, mais d'une date antérieure, contribuent encore à augmenter le nombre des savans espagnols et la masse de leurs connoissances. Le dernier présente même une liste de femmes célèbres dans les fastes de la littérature nationale. J'en citerai notamment une, savoir Aischah de Cordoue, qui vivoit dans notre dixième siècle, et dont les talens poétiques ainsi que la science inspirèrent de l'amour et de l'admiration à beaucoup de princes. Ses compositions en prose et en vers, qui furent récitées dans l'académie de la cité royale, furent reçues avec des applaudissemens réitérés. Elle vécut dans le célibat, et laissa après elle, outre une bibliothèque considérable et bien choisie, beaucoup de monumens durables de son goût et de ses connoissances.

Mais nous ne devons pas quitter si vite Mohamed-Ben-Abdalla. Parmi les différens ouvrages qu'il publia, l'un est intitulé *Exemple de la pleine lune*, c'est-à-dire *Histoire du royaume de Grenade*. Je crois satisfaire les lecteurs en leur donnant une idée de ce qu'il contient. Il faut cependant commencer par observer que j'aurois dû peut-être dire auparavant que les Arabes étoient singulièrement bizarres dans les titres de leurs livres, qui, comme on le voit par celui d'*Exemple* ou *Specimen de la pleine lune*, n'ont pas le moindre rapport avec le sujet du volume. Ainsi, pour ne pas recourir à d'autres écrivains qu'Abdalla même, *la Chronologie des califes et des rois d'Espagne et d'Afrique* est appelée par lui *la veste de soie brodée à l'aiguille*; *les vies des hommes distingués* sont intitulées *les plantes odoriférantes*; un traité *sur la Constance* a le titre de *beurre éprouvé*; enfin le titre d'*or raffiné* signifie *un choix de phrases élégantes*. Nous trouverons certainement un manque de goût dans ce genre de *concetti* ou de titres singuliers; mais la mode ou l'usage établi doit toujours empêcher le libre exercice du jugement.

Grenade avec son territoire fut la dernière principauté qui resta dans les mains des mahométans, sous l'administration desquels ce pays jouit du plus haut degré de richesse et de prospérité. Son agriculture fut portée à la perfection; ses revenus et son commerce furent immenses,

ses édifices publics magnifiques et sa population incroyable. Les ruines du palais de l'Alhambra, bâti au milieu de jardins remplis d'arbres aromatiques, et ayant vue sur de belles collines et de fertiles plaines, sont encore aujourd'hui un superbe monument du goût et de la magnificence des anciens souverains qui ont gouverné ce pays (1). On dit que les Maures font tous les vendredis des prières pour le recouvrement de cette cité favorite.

Comme je désire donner une idée de la manière d'écrire d'Abdalla, je vais mettre ici sous les yeux des lecteurs un passage de son histoire, dans les termes mêmes de cet auteur, autant que le permet une traduction faite sur une autre traduction.

« Puisque, dit-il dans sa préface, les annales des rois présentent des exemples pour ceux qui gouvernent, et qu'elles donnent des leçons aux sujets, je désire que tous, considérant l'inconstance de la fortune, ainsi que l'instabilité des choses humaines, et effrayés de la perspective de nombreux malheurs, ne soient point aisément portés à oublier Dieu, j'ai en conséquence entrepris d'écrire cette histoire et de faire connoître les événemens passés, en les tirant de l'obscurité de ces annales dans lesquelles ils étoient, pour

(1) Pour la description de ces ruines, voyez les planches élégantes données par Swinburne. *Travels through Spain*, pag. 171-188.

ainsi dire, ensevelis. J'exposerai dans l'ordre convenable quelles furent les limites de ce royaume, la capitale de l'empire, et ce que ses souverains ont fait de bien. Je ferai connoître ensuite les généraux fameux par leur naissance ou leurs exploits ; les gouverneurs et les ministres qui ont alors fleuri ; les princes contemporains qui ont régné ; enfin, les divers faits qui me paroîtront dignes qu'on en conserve le souvenir. Si le lecteur trouve dans mon ouvrage quelque chose de bon ou qui mérite d'être loué, j'ai déjà atteint mon but et obtenu la récompense de mes travaux. Je les entreprends pour la louange et la gloire de Dieu, sous la protection duquel je procède maintenant à ranger mes matériaux dans l'ordre suivant. La première partie traite de la ville de Grenade, siége de l'empire, de laquelle je donne une courte description; la seconde traite de ses provinces et des lieux qui en dépendent; la troisième, des rois et des princes qui ont commandé; la quatrième, des mœurs et des qualités de ses citoyens; la cinquième, de la série et des exploits de ses rois.

» 1° Grenade, appelée par les étrangers Grenate, c'est-à-dire, la colonie des étrangers, et par nous, le Damas de l'Espagne, dépendoit anciennement de la célèbre ville d'Albire, dont elle n'étoit pas éloignée. Dans le IV^e siècle de l'hégire (le XI^e siècle de l'ère chrétienne), elle commença à devenir très-fameuse. Certainement elle ne diffère point de Damas, quant à la douce température de l'air et les qualités du sol. Elle est éloignée de 90 milles de Cordoue, la première et l'ancienne résidence de nos rois; que le ciel puisse nous la rendre!

» Grenade est la capitale des villes les plus maritimes, la fière capitale du royaume, le noble lieu de réunion des marchands, la mère indulgente des matelots, le rendez-vous des étrangers de tous les pays, un jardin toujours couvert de fruits renouvelés sans cesse, le séjour qui retient les hommes par ses agrémens, le trésor public, la cité la plus renommée pour ses champs et ses remparts, un océan sans bornes de grains et des meilleurs légumes; enfin, une mine fertile de soie et de sucre. Non loin de cette ville s'élève une montagne appelée *Sierra*, remarquable pour la blancheur de ses neiges et la pureté de ses eaux. Il faut ajouter à ces bienfaits du ciel la salubrité de l'air, la variété des plantes et de divers aromates exquis. Parmi les avantages rares dont Grenade jouit, le premier consiste en ce que, dans aucune saison de l'année, ses champs ne se trouvent sans grains ni ses prairies sans verdure. Le territoire possède beaucoup d'or, d'argent, de fer, de plomb, de marcassites et de pierres précieuses. Diverses plantes, entre autres la gentiane et la lavande croissent sur ses montagnes et dans ses marais. On y trouve aussi la graine qui donne à la soie la couleur d'écarlate, et on recueille une grande quantité de cette denrée pour le commerce et pour l'usage domestique. Nos étoffes de soie sont même regardées comme supérieures à celles d'Assyrie pour la douceur, l'élégance et l'éclat.

» Quant au pays, c'est le plus délicieux; il rivalise avec celui de Damas, et il est très-commode pour ceux qui veulent se promener à pied ou à cheval, soit le jour, soit la nuit. Il s'étend naturellement à des plaines qui sont arrosées par des ruisseaux et des rivières. On y voit partout des villages et des jardins ornés d'arbres, de plantes et de beaux bâtimens, tandis que des collines et des montagnes qui remplissent l'espace de quarante milles, entourent la plaine dans une forme presque semi-circulaire. C'est là, ou très-près, qu'est située la fière ville de Grenade qui couvre en partie les côtés hauts et escarpés, tandis que ses faubourgs sont placés en partie sur cinq collines, et se prolongent en partie dans une vaste plaine jusqu'à un endroit appelé *Cor-Al-nahl*. Les mots ne peuvent exprimer que bien foiblement combien son séjour est rendu agréable et enchanteur par la sérénité de l'air, la douceur du climat, les arches de ses ponts, ses beaux portiques et ses superbes temples. La rivière du Douro qui arrive du côté de l'est, la partage, et, se joignant au Singilis, coule à travers la plaine, jusqu'à ce qu'étant nourrie et accrue par un grand nombre de courans abondans, elle s'enfle comme le Nil, et s'avance jusqu'à Hispalis (Séville), dans un lit large et majestueux.

» On jouit d'un point de vue encore plus agréable de l'autre côté; on voit s'y élever une autre ville appelée Alhambra, où est la résidence royale. Des tours élevées, des citadelles défendues par des bastions, des palais magnifiques et d'autres édifices superbes y attirent les regards et remplissent d'admiration l'esprit des spectateurs. On y voit une vaste masse d'eau qui sort d'un grand nombre de fontaines, qui arrose les champs ainsi que les prairies, et dont le bruit qu'elle fait en tombant se fait entendre au loin. Des jardins spacieux également ornés entourent les murs extérieurs de Grenade, ils sont plantés d'arbres formant une haie, et arrangés de manière qu'on aperçoit d'élégans édifices briller comme des étoiles à travers les haies. Aucun endroit n'est sans vergers, sans vignes et sans jardins. Il n'y a que les rois les plus riches qui puissent acheter les végétaux et les fruits précieux qui sont répandus avec profusion sur cette vaste plaine. Le revenu annuel qu'on en tire est considérable, et une partie entre dans le trésor du roi.

» Le roi possède encore des terres qui lui appartiennent en propre, et qui sont singulièrement agréables, présentant de belles rangées d'arbres et une variété infinie d'arbrisseaux. Vous voyez des tours qui s'élèvent en formant un bel aspect, une plaine étendue, des eaux qui coulent sans cesse, et servent tant à l'usage des moulins qu'au plaisir du bain. Le revenu qu'on en tire sert à entretenir les fortifications de la ville. Ces terres ont vingt milles de circonférence, elles sont cultivées. On y trouve beaucoup d'excellens laboureurs et des animaux bien choisis. Partout l'œil y rencontre des châteaux et des édifices destinés, soit au culte, soit au service public. Il faut joindre à ces agrémens et ornemens de la campagne ce qui est le premier mérite aux yeux de l'agriculteur, la richesse et la fertilité du sol. Près de ces terres, il y a beaucoup de villes qui sont remarquables par leur population, ainsi que leurs métairies dont beaucoup sont consacrées au labourage, et d'autres à la pâture : ensuite sont des villages et des hameaux tous remplis d'habitans. Ces différens lieux, qui sont au nombre de cinquante, contiennent plus de trois cents colléges et temples; et on voit au dehors des murs cent trente moulins en activité.

» 2° Le royaume de Grenade, dit encore Abdalla, contient trente-trois régions. Cet auteur fait l'énumération des principales cités, en donnant une courte description de chacune; mais on ne déchiffre pas aisément les noms arabes. Sentant lui-même la confusion que le temps et d'autres accidens ont occasionée, il termine cette partie de son sujet par les réflexions suivantes : « Des régions dont je viens de parler, quelques-unes conservent encore aujourd'hui les mêmes noms, d'autres en ont changé, d'autres par le laps de temps, comme cela arrive dans les choses humaines, sont tout-à-fait effacées de la mémoire des hommes; car Dieu seul, par sa propre nature, est immuable. »

» 3° Dans cette partie, l'auteur fait seulement l'énumération des princes successifs qui, dans les différentes dynasties régnantes depuis la fondation de l'état au quatrième siècle de l'hégire, ont tenu le sceptre jusqu'à son temps, où la famille de Beni Nasser occupoit le trône; époque qui, comme je l'ai déjà observé, se rapporte à notre XIVe siècle.

» 4° Les sujets du royaume de Grenade sont orthodoxes dans leur croyance religieuse, et ne sont point infectés d'hérésie. Ils sont obéissans à leurs rois, se livrent au travail avec patience, sont extrêmement généreux, bien faits dans leur taille, ont le nez moyen, bonne mine, les cheveux généralement noirs, la stature telle qu'elle doit être : la langue qu'ils parlent est l'arabe; leur langage est remarquable par son élégance, ils l'embellissent beaucoup, mais ils sont portés à être diffus. Ils sont arrogans et opiniâtres dans leurs discussions. La plupart sont étrangers d'origine, ils viennent principalement de la Barbarie. Leur vêtement approche un peu de celui des Persans, il consiste dans de riches étoffes de soie rayée, et dans les plus beaux ajustemens de toile ou de laine, du tissu le plus délicat. En hiver, ils portent un manteau africain ou plutôt tunisien, en été une tunique de toile blanche, de sorte que, quand on les voit dans le temple, ils semblent être des fleurs du printemps qui parent et embellissent les prairies.

» La nourriture journalière des habitans est en général du pain de froment de la meilleure espèce. Quelquefois, dans l'hiver, les pauvres et les laboureurs font usage d'un pain fait avec d'excellent orge. Ils mangent toutes sortes de fruits, particulièrement du raisin, dont ils recueillent une quantité prodigieuse. Ils ont en outre une grande abondance de fruits secs, qui n'est jamais épuisée. Les grappes mûres se conservent même d'une saison à une autre, sans rien perdre de leur goût.

» Pendant les loisirs qu'ont les habitans des cités, les uns se retirent à la campagne dans le temps des vendanges, tandis que d'autres vont, avec leurs domestiques et leurs armes, dans leurs fermes, d'où ils font des excursions sur les terres de leurs ennemis.

» L'ornement qui est porté par les femmes d'une naissance distinguée, ainsi que par celles que la faveur ou des places ont élevées à un rang éminent, consiste dans une ceinture, des jarretières, un voile supérieurement tissu avec l'or et l'argent le plus pur; enfin, différentes décorations pour les pieds. Elles se parent d'un grand nombre de pierres précieuses. Leur figure est agréable, et elles sont d'une taille moyenne. Il est rare d'en voir une qui soit grande. Leur bon goût leur fait désirer d'avoir de longs cheveux, dont elles ont grand soin d'entretenir l'accroissement; leurs dents sont singulièrement blanches, et leur haleine est très-agréable. Elles marchent vite: leurs perceptions sont vives; enfin, leur conversation est animée par la plaisanterie, et pleine de grâces. Mais la coquetterie de nos femmes et l'amour qu'elles ont de la parure et des ornemens, sont aujourd'hui parvenus à un tel point, que c'est presque de la folie. »

5° Dans la dernière section de ce court et admirable récit, Ben Abdalla donne en détail l'histoire de la famille de Béni Nasser, qui régnoit alors. « Le premier prince de la dynastie fut Mohamed, surnommé Algaleb Billa, qui naquit dans la cité d'Arjona, dépendante de l'heureuse et fertile contrée de Cordoue, dans laquelle il reçut son éducation de maîtres célèbres. Mais dans sa première jeunesse, dès qu'il sentit son sang couler plus rapidement dans ses veines, la soif du pouvoir s'empara de lui, et il commença à méditer de grands desseins. Il montra des talens admirables tant pour faire la guerre que pour gouverner sagement pendant la paix. Outre son expérience militaire, il étoit plein de courage et doué d'une grande force de corps. Ennemi de la paresse, et s'embarrassant peu de ses aises personnelles, il négligeoit sa parure et en même temps il étoit très-frugal à tous égards. Très-habile dans tous les arts de la guerre, il savoit faire usage de toutes les occasions favorables. Comme général, il étoit prompt en agissant, et ne s'inquiétoit point du danger. La noblesse de son maintien ne commandoit pas moins le respect que son rang suprême. Dans le choix de ses femmes il consultoit la majesté du trône. Il veilloit à ce qui pouvoit être utile à ses serviteurs, et il ne se montra jamais oppressif en pourvoyant aux besoins du gouvernement. Les combats qu'il a livrés en personne ont été racontés dans les plus grands détails par les historiens. Il s'enveloppoit d'un manteau ordinaire, et ne s'épargnoit jamais le travail dans ce qui l'intéressoit personnellement.

» Un vendredi de l'an 629, (1229 de l'ère chrétienne), il prit d'assaut la ville de Jaen, et, bientôt après, il se rendit maître de Grenade. On rapporte que quand il monta sur le trône il procura les nécessités de la vie à ceux des habitans de la cité royale, qui étoient ou indigens, ou vieux, ou hors d'état de travailler. Il fut pendant peu de temps maître de Séville et de Cordoue, comme je l'ai raconté ailleurs plus longuement. Étant possesseur de Grenade, il entreprit de bâtir la citadelle appelée Alhambra, et, pour exécuter ce projet, il se trouva forcé d'imposer quelques charges à ses sujets. Il assista lui-même à l'exécution de cet ouvrage et le surveilla. Lorsque ce palais fut entièrement fini, et qu'il y eut fait venir des eaux abondantes, il en fit sa résidence royale. Il forma ensuite des alliances avec les princes voisins. Après cela l'état fut si riche que le trésor fut rempli d'or, tandis que les magasins tenant à la citadelle étoient pleins de blés, de grains et de légumes de toute espèce. Il établit aussi des forteresses et des garnisons sur la montagne pour la défendre, et il l'entoura d'un mur. Alors il jouit tranquillement de ce qu'il avoit conçu sagement et exécuté. Deux fois dans la semaine il admettoit en sa présence ceux qui avoient quelque plainte à faire, ou quelques pétitions à lui offrir, et il étoit toujours d'un accès facile pour les gens de lettres et les ambassadeurs. Dans les affaires importantes il tenoit de fréquentes assemblées, où il prenoit l'avis des principaux citoyens, des juges, et d'autres hommes en place; ensuite, proposant les mêmes sujets de délibération à ses ministres, dans un conseil privé, il chargeoit chacun d'eux d'exécuter dans son département les résolutions prises, et en confioit la surveillance à quelques-uns de ses généraux.»

L'auteur donne ensuite les noms et fait connoître le caractère des principaux ministres, secrétaires et juges, qui furent employés sous le gouvernement de Mohamed; il y joint une notice succincte des princes qui régnèrent en Afrique pendant ce période, ainsi que des rois chrétiens d'Espagne, qui vécurent dans le même temps. Mohamed mourut, en l'an 671 de l'hégire, après un règne de plus de 40 ans. Son corps fut placé dans un cercueil d'argent, et on inscrivit sur sa tombe une épitaphe dans le style ordinaire de l'enflure asiatique. Il eut pour successeur son fils Mohamed, second du nom.

Le caractère de ce prince est tracé avec la même force et avec des couleurs aussi flatteuses que celles avec lesquelles son père a été peint. « Mohamed II, (dit Abdalla), surpassa tous les autres rois en magnificence, en talens militaires, en industrie, en prudence, en fermeté; il sut profiter de sa longue expérience, récompensa ses ministres par des honneurs, et ses généraux par de grandes faveurs. Unissant ensemble beaucoup de peuples différens, il enrichit le pays par le commerce. Ajoutez à ces bienfaits la beauté de sa figure, l'élégance de ses mœurs, sa patience, sa politique, et sa munificence. A peine fut-il placé sur le trône qu'il acquiesça aux désirs de ses nobles; parut, avec une adresse et un art consommés, se prêter aux desseins de ses ennemis; mais il accumula les faveurs sur ses amis. Indépendamment de ces qualités et de plusieurs autres, il se fit un grand honneur par ses talens littéraires, et ses compositions poétiques sont pleines d'imagination. Aimant les lettres, il prenoit un singulier plaisir à la conversation des médecins, des astronomes, des philosophes, des orateurs et des poëtes. Au commencement de son règne il s'éleva de grands troubles, qui furent fomentés par une bande infâme d'hommes de parti, au grand danger du pays; mais Mohamed, tout à la fois indulgent et ferme, n'éprouva jamais de vacillation. Il triompha, par sa patience, de ceux qui lui étoient le plus opposés, et se concilia ses ennemis. Il soutint beaucoup de guerres avec succès, et mourut après un long règne, laissant un nom célèbre tant dans son royaume que dans les pays éloignés.»

Abdalla suit encore ici le même ordre que j'ai déjà exposé, et il donne, sur plusieurs événemens du règne, quelques détails que je crois devoir passer sous silence. Je me contenterai de dire que, parmi les hommes de cette cour qu'il cite comme connus soit dans le militaire, soit dans le civil, soit dans les lettres, peu eurent un mérite très-remarquable. Mohamed II mourut en 701, ou l'an 1301 de notre ère.

Mohamed III, son fils et son successeur, marcha sur les traces de son père, à l'école duquel il avoit appris la sagesse et l'art de gouverner. « Occupé des soins importans de l'état, et de ce qu'exigeoient des crises périlleuses, il veilloit souvent très-tard, à la lueur des flambeaux, méditant sur les affaires publiques et sur les intérêts de sa maison, tandis que quelques personnes l'attendoient et notoient les heures écoulées. Ces travaux nuisirent à sa vue. Cependant la fortune lui fut propice, et ses entreprises réussirent. Il vainquit ses ennemis et fit la paix avec les rois. Il fut orateur et poëte, et même si grand poëte, qu'il proposa aux autres beaucoup de sujets de composition, et qu'il lutta avec eux en vers alternatifs. Il étoit intimement lié avec les savans et avoit la plus grande considération pour eux. Pour terminer son portrait je ne dois oublier ni la vivacité de son esprit, ni l'élégance de son écriture, ni son habileté dans la composition, ni le fond rare des connoissances qu'il avoit. Il auroit été véritablement un grand roi, s'il n'avoit point été cruel par caractère.

« Un des magnifiques monumens qu'il a laissé à la postérité est le vaste temple, d'une forme superbe, appelé Alhambra, qu'il a élevé dans la cité royale. Il est en mosaïque, et orné de colonnes du plus grand fini, dont les chapiteaux et les bases sont d'argent. Il dota pieusement ce temple avec les revenus d'un bain qui fut construit sur le côté opposé, du produit d'un tribut payé par les juifs et les chrétiens. Il y attacha aussi des terres dont le revenu serviroit à son entretien. Il en résulta un édifice digne d'un si incomparable prince. »

Néanmoins ce prince fut détrôné par son frère Aba Algeinsch, que l'historien loue également, vantant la beauté de sa personne, les vertus de son cœur et les talens de son esprit; s'appliquant aux mathématiques et à l'astronomie, il excella non-seulement dans leur théorie, mais encore dans la construction des instrumens et dans la composition des tables scientifiques. Malgré ses talens, son règne ne fut pas heureux, et il fut lui-même chassé du trône par les machinations de son premier ministre. Son cousin Abu Said, prince de Malaga, lui succéda vers l'an 712 de l'hégire.

Abu Said, plus connu sous le nom d'Abulvalid, indépendamment de beaucoup de grandes qualités naturelles et acquises, fut remarquable par sa chasteté, vertu qui est vantée rarement chez les partisans de Mahomet. Abulvalid suivit avec tant d'ardeur l'exemple des plus grands princes, qu'il ne parut vivre que pour la gloire. Il excella dans les exercices de la chasse, dans l'usage des armes, et dans le maniement des chevaux; aidé par ses amis et favorisé par beaucoup de circonstances heureuses, il commença un glorieux règne, gouvernant son royaume avec justice, et opposant un rempart irrésistible aux attaques et à la fureur de ses propres ennemis et de ceux de Dieu. Sa conduite fut telle qu'il fut regardé, pour ainsi dire, comme le joyau de sa famille et l'ornement de son siècle. Quand, dans quelque occasion, la conversation tomboit sur les principes de religion, *mes principes*, répondoit-il, *sont la foi en Dieu et dans ceci*, mettant la main sur son cimeterre. L'historien s'étend sur beaucoup de combats que ce prince livra, dont il décrit quelques-uns avec une chaleur particulière, et il parle des explosions par la poudre à canon, dont j'ai déjà fait mention. Voici son passage : « Un globe, enflammé par le moyen de matières combustibles, éclate subitement avec un grand bruit, frappe avec la force de la foudre, et ébranle la citadelle. » Il fut assassiné par un parent qu'il avoit offensé, en l'année 725 de l'hégire, et fut enterré dans les jardins de l'Alhambra, « dans un monument d'un travail exquis. »

Un autre Mahomet, son fils, succéda au trône de Grenade. Abdalla fut contemporain de ce prince et de ses deux successeurs; et comme il occupoit un poste important à la cour, il fut témoin oculaire des événemens de leur règne. Son portrait des caractères est flatteur en général. Il représente ce Mahomet comme un prince qui n'étoit inférieur à aucun de ses prédécesseurs pour les qualités de l'esprit, et qui étoit doué en outre d'un rare degré de force physique, et extrêmement habile dans l'art de monter à cheval, et dans ce qui concernoit la cavalerie. « Il prenoit, dit Abdalla, un singulier plaisir à la chasse, connoissoit bien les meilleures races de chevaux, étoit, enfin, très-sensible aux charmes de la poésie et aux beautés de l'éloquence. En assiégeant une ville d'Espagne il se précipita témérairement en avant des guerriers qui l'accompagnoient, et jeta contre un chrétien une lance richement ornée de joyaux, avec laquelle il blessa un soldat qui s'efforça de s'échapper : Laissez-le aller, s'écria Mahomet à des gens de sa suite, qui vouloient sauver la lance; « s'il survit au coup, la lance paiera les frais de sa guérison. » Ayant entrepris de porter la guerre en Afrique, il y fut tué en l'année 733 de l'hégire, et eut son frère pour successeur.

Joseph fut le nom de son frère. « C'étoit un jeune homme qu'on pouvoit regarder comme la gloire des princes ; il étoit distingué par sa beauté, sa force et ses mœurs, et remarquable par une barbe noire et longue. Il excelloit dans la poésie; il avoit une conversation grave, mais gracieuse et convenable à un roi. Affable envers tous, il recevoit tous ceux qui l'approchoient avec bonté et avec des égards proportionnés à leur rang. Son esprit étoit vif, et sa mémoire, richement remplie de traits propres à être cités, ajoutoit du poids à ses remarques. Indépendamment de ses qualités intellectuelles, il étoit encore habile dans les arts mécaniques. Aimant la paix, il gouvernoit avec beaucoup d'indulgence, étoit souvent occupé à faire élever des édifices publics ; et en même temps qu'il paroissoit vouloir rivaliser de renommée avec les autres princes, il les surpassoit en richesses et par ses acquisitions précieuses. » Étant ainsi respecté par ses sujets, et rendant souvent service à la cause de l'islamisme, Joseph régna pendant vingt-deux ans, après lesquels il périt par le poignard d'un assassin, « lorsqu'étant à genoux dans un temple, il imploroit le pardon de ses péchés et s'efforçoit d'approcher plus près de Dieu par la prière. »

Le caractère de son fils Mahomet, qui monta alors sur le trône, est tracé de la manière suivante : « Les vertus qui sont partagées entre les autres princes, telles que l'humanité, la probité, l'égalité d'âme, et une candeur annoncée par les traits du visage, étoient réunies en lui. Placé jeune sur le trône, il s'occupa de suppléer au manque d'expérience par une forte application et par le travail. Nous voyons en lui beaucoup de gravité, de prudence, de modestie, de tempérance, et une telle douceur de caractère qu'il pleura souvent sur le triste sort des malheureux, et qu'il s'attacha fortement ses amis par ses faveurs et l'amour qu'il avoit pour eux. L'héritage qu'il avoit reçu ne fut point troublé par l'ambition. La sécurité régna partout. L'adulation et la débauche furent bannies de la cour pendant son règne; et par suite, le peuple adouci par les mœurs devint lui-même meilleur et plus aimable. Les nobles obéirent avec joie, et tous ses sujets s'accordèrent à chanter ses louanges. Mais la fortune tourna bientôt contre lui. » Son frère Ismaël le chassa du trône, qu'il occupa malgré tous les efforts employés par Mahomet, qui fut puissamment aidé par le prince maure de Fez et le roi chrétien de Castille. Ismaël finit par être tué par son cousin Abu Saïd, qui osa lui-même prendre la pourpre, mais qui, détesté pour ses crimes, et s'étant retiré à la cour du prince de Castille, éprouva le sort dû à la trahison. Mohamed entra encore une fois dans la ville royale de Grenade, où il continua de régner jusqu'en l'année 765 de l'hégire, et 1387 de l'ère chrétienne, époque à laquelle Abdalla termine son *Specimen de la pleine lune*, c'est-à-dire son *Histoire du royaume de Grenade*.

D'après cette courte analyse de l'ouvrage d'Abdalla, qui n'est lui-même qu'un abrégé, on peut juger, autant qu'il est possible de compter sur la fidélité d'un traducteur, de la manière dont étoit quelquefois composée l'histoire arabe. Néanmoins je soupçonne, 1° qu'on a pris une trop grande liberté, et qu'un caractère qui n'est pas celui de l'original arabe, mais qui dérive d'une meilleure source, a été greffé sur le fond maure; 2° que quand, comme dans d'autres compositions originales, il régnoit une négligence sans ordre, on a mis plus de précision; qu'on a passé des anecdotes insignifiantes et de fatigantes digressions; 3° et enfin, que des détails minutieux et prolixes, insérés pour montrer la richesse de la langue et la variété des termes, ont été resserrés et abrégés pour éviter l'ennui. Cependant, malgré ces défauts qu'on reproche aux écrivains arabes, il faut avouer que dans leurs narrations dramatiques et sans art, et surtout dans la peinture qu'ils font des caractères, il y a souvent quelque chose qui excite l'attention et attache puissamment (1).

(1) Voyez l'*Histoire des Sarrasins*, par Ockley, et sa

## § XVI. *Chute de Grenade, dernier établissement resté aux Maures.*

Depuis l'époque où se termine l'Histoire d'Abdalla, qui est la fin du XIV^e^ siècle, époque à laquelle toutes les autres parties de l'empire des Maures avoient été reprises par degrés, le royaume de Grenade seul conserva son indépendance pendant cent années. Il étoit encore étendu et comprenoit un territoire de sept cents milles, et il étoit redoutable par une immense population répandue sur sa surface, et rassemblée dans les murs de quatorze cités et de quatre-vingt-dix-sept villes. Mais la discorde intérieure et les vues ambitieuses des chefs rompirent souvent l'union qui auroit alors plus que jamais fortifié les rangs des Maures. Ils négligèrent de conserver une liaison amicale avec leurs compatriotes d'Afrique, dont ils auroient pu tirer du secours; et les arts qu'ils avoient cultivés, ainsi que le luxe que nous avons déjà décrit, et qui est la suite de la prospérité, avoient beaucoup diminué la force de leurs institutions militaires ainsi que leur désir de se livrer à des entreprises guerrières. De leur côté les états chrétiens n'étant plus subdivisés en petites principautés dont chaque chef se décoroit du titre

traduction française. On y trouve des détails intéressans sur Mahomet et les premiers califes. Ils sont présentés d'après les auteurs originaux et dans leur propre style qui est simple.

de roi, mais formant deux royaumes puissans sous les couronnes de Castille et d'Arragon, agirent en réunissant leurs forces, excités par le zèle de la religion, par le désir de la vengeance et par l'espoir de réparer l'honneur de leur pays auquel on reprochoit d'être sous le joug depuis sept cents années. Les Maures, qui étoient un peuple brave et possédoient de grandes ressources, firent tête à leurs ennemis, quoiqu'on leur prît ville après ville, et quelquefois ils les défirent même en batailles rangées. Mais quand les deux couronnes furent réunies par l'heureux mariage de Ferdinand et d'Isabelle, alors commença la dernière guerre avec le royaume de Grenade, laquelle se termina en 1492 par la prise de la ville et l'entière destruction de la puissance des Maures (1).

## § XVII. *Chute du Califat.*

Plusieurs siècles avant cet événement, les califes de Bagdad, dont nous avons admiré la splendeur et l'amour qu'ils avoient pour les lettres, avoient perdu leur grandeur. J'ai fait connoître les principales causes qui avoient amené cette catastrophe; et j'ai observé que, dans le commencement du X^e siècle, Radhi, le vingtième calife des Abassides, fut le dernier qui jouit de la dignité réelle de son rang. Après lui, l'au-

(1) Mariana, *Histoire d'Espagne*, *passim*.

torité temporelle des califes diminua de plus en plus, jusqu'à l'époque où, obligés de chercher un asile en Egypte, les derniers dix-huit membres de cette dynastie, qui étoient encore reconnus comme possédant quelque juridiction spirituelle, furent réduits à un état de dépendance et quelquefois même de mendicité. « Ces maîtres de l'Orient, dit Abulfeda (1), furent réduits à la plus abjecte misère et exposés aux insultes d'une condition servile. » Leurs territoires les plus orientaux furent démembrés et formèrent des états indépendans dans l'Irak arabe, dans l'Aderbijan ou la Médie, dans le Fars ou la Perse, et dans le Laristan ou le pays situé sur le golfe de Perse, pendant qu'un pareil sort menaçoit les autres pays qui dépendoient d'eux et qui leur furent bientôt enlevés. L'inondation des barbares du nord, qui renversèrent l'empire d'Occident, contribua aussi considérablement à accélérer la chute du califat. Les Turcs, qui étoient dans le voisinage du mont Taurus, furent d'abord appelés comme auxiliaires; mais à mesure qu'ils étendirent leurs conquêtes, ces lieutenans ( ainsi qu'ils se nommoient humblement eux-mêmes ) des vicaires du prophète devinrent bientôt leurs maîtres. Alors il leur arriva ce qui nous est aussi arrivé. De même que les Goths et les autres peuples du nord, les Turcs ne connoissant nulle-

(1) *Annal. Moslem.*, pag. 261.

ment les lettres, occupés de conquêtes, méprisant ce qu'ils ne pouvoient entendre, détruisirent tous les monumens de science ou de goût que les Almanzors et les Almamons avoient rassemblés, découragèrent toute étude libérale; et, pénétrés du même esprit que le calife Omar, quand celui-ci ordonna qu'on mît le feu à la bibliothèque d'Alexandrie, ils posèrent les fondemens de l'esclavage mental le plus durable de ceux qui ont jamais opprimé l'espèce humaine (1).

## § XVIII. *Les trois historiens arabes.*

Je dois maintenant parler brièvement des trois historiens arabes par qui j'ai dit que l'Europe avoit été le mieux instruite, et qui, nous ayant

(1) Cependant d'Herbelot (*Bibl. orient.*, article *Elmacin*) parle mieux des Turcs. « J'admets, dit-il, que dans le temps de leurs premières conquêtes en Europe ils s'adonnèrent principalement aux exercices guerriers, mais ils devinrent bientôt un peuple extrêmement policé. A la vérité ils ne prirent pas pour leurs maîtres les Grecs qu'ils avaient subjugués, comme avaient fait les Romains et les Sarrasins, mais ils étudièrent sous ces derniers et traduisirent leurs principaux ouvrages. Beaucoup de leurs sultans furent savans, et on peut remarquer qu'ils ne construisent jamais une mosquée sans y joindre un collége. » (Les malheurs actuels des Grecs seront la honte éternelle des Turcs.)

(*Note du traducteur, en* 1822.)

laissé des esquisses des grandes entreprises, et ayant peint des mœurs et des caractères qui diffèrent entièrement des nôtres, peuvent être lus par nous avec plaisir, même malgré le désavantage d'une traduction. Le plus ancien des trois est Bohadin, qui fleurit dans le XIIe siècle. Il étoit contemporain du célèbre Saladin, dont il écrivit la vie, particulièrement la portion liée à la troisième croisade et à la prise que ce prince fit de Jérusalem. Bohadin (1) ayant été un témoin oculaire de beaucoup d'événemens qu'il raconte, et ayant connu particulièrement le sultan qui lui donna des places importantes, le récit de cet historien est singulièrement intéressant. Il accompagna son maître pendant la période la plus active de sa vie, et se trouva auprès de lui dans sa dernière maladie et à sa mort. Le tableau qu'il présente de la justice et de l'affabilité de ce prince, de sa sévérité et de sa clémence, dont il cite des exemples avec des anecdotes confirmant ses propres assertions, est la peinture frappante du héros de l'Orient, dont les écrivains latins contemporains sont obligés, malgré eux, de reconnoître la vérité. Il nous apprend que Saladin avoit une conversation élégante et agréable, qu'il con-

(1) Voyez sur *Bohadin* la 218e page de l'*Histoire littéraire du moyen âge*, traduite d'Harris, par Boulard, qui a paru à Paris en 1789. *Lisez*, dans les deux premières lignes de cette page, *du pays de Galles*, au lieu *de Cambrai*.

noissoit exactement l'histoire des différentes tribus arabes, de leurs usages; qu'il savoit les généalogies de leurs chevaux; qu'il n'ignoroit pas ce qui étoit curieux et rare dans les autres pays; qu'il avoit grand soin de s'informer de la santé de ses amis, de leurs maladies, des remèdes auxquels ils avoient recours, et des autres particularités qui les intéressoient; que ses discours étoient exempts d'obscénité et de médisance; enfin, qu'il étoit singulièrement bon pour les orphelins et les personnes avancées en âge. Quelle seroit notre opinion sur les talens et les qualités morales de notre héros chrétien, Richard Cœur-de-Lion, si nous pesions dans une balance le mérite de ces deux grands personnages? Il me semble que ce roi d'Angleterre ne paroît nulle part avec plus d'avantage que dans le récit de Bohadin, qui sut être juste même à l'égard d'un adversaire. L'historien convient que Richard étoit doué d'une activité extraordinaire, qu'il avoit beaucoup de courage, et qu'il étoit ferme dans ses résolutions; enfin, qu'il se distingua par ses exploits militaires et par sa constante intrépidité. Bohadin dit encore que Richard étoit moins estimé par ceux qu'il commandoit que le roi de France (Philippe-Auguste), sous le rapport de sa dignité ainsi que de l'étendue de son royaume; mais qu'il étoit plus riche et plus célèbre pour sa valeur militaire (1).

(1) L'Histoire de Bohadin en arabe et en latin, fut publiée par Schultens à Leyde, en 1755. Voyez p. 218

Abul Faraj, que nous appelons Abulpharage, natif d'Arménie, étoit chrétien et professa la médecine: il vécut dans le XIIIe siècle. Il est mieux connu par un abrégé de l'*histoire universelle*, partagée en dix parties ou dynasties, depuis les temps les plus anciens jusqu'à celui où il exista. Les deux dernières dynasties qui traitent de Mahomet et des califes, des Tartares Mongols, et des victoires de Gengis-khan, sont regardées comme les plus exactes et les plus instructives. Mais ce qui nous intéresse le plus, et ce qui paroît former le principal mérite, même des dernières dynasties, consiste dans la description qu'il donne de l'état des connoissances sous les califes, et dans les nombreuses anecdotes qu'il a insérées dans son ouvrage sur les philosophes, les médecins et les hommes célèbres. J'ai lu son Histoire avec attention : quoique Abulpharage ait été chrétien, il fut très-estimé par les musulmans, comme un bon maître dans les différentes branches de science ainsi que dans la médecine; et l'emphase avec laquelle les qualités de son esprit ainsi que ses talens sont vantés par les sectateurs de Mahomet est vraiment arabe. « Il étoit, disent-ils, le prince des sages, le plus excellent des excellens, le modèle de son temps, la gloire et le phénix du siècle (1). »

et 219 de l'*Histoire littéraire du moyen âge*, traduite par Boulard, d'après Harris.

(1) Une belle édition de cet auteur, en arabe et en

Le dernier de ce triumvirat d'historiens est Ismaël Abulfeda, prince syrien, qui a vécu dans le XIVe siècle, et qui est auteur d'un ouvrage sur la *géographie* et d'une *histoire générale*. On peut dire de cette Histoire, comme de celle d'Abulpharage, que la partie qui est la plus agréable et contient le plus de détails est celle qui est relative à Mahomet et à ses successeurs. Elle est également enrichie d'anecdotes sur les sciences et les savans. On dit que ces historiens arabes ont à cet égard quelque ressemblance avec Plutarque. Le récit de la vie de Saladin, dont Abulfeda est dit être descendu, forme la dernière partie de son Histoire (1).

## § XIX. *Conclusion.*

Je pourrois maintenant (2) ajouter encore beaucoup de choses à cette esquisse de la littérature

latin, a été donnée par le savant Pococke en 1663, 2 vol. in-4°.

(1) La *Géographie* d'Abulfeda et différentes parties de son *Histoire* ont été publiées séparément à différentes époques; la première, qui est relative à Mahomet, par Gagnier, en 1723; la seconde, qui renferme l'histoire des Arabes et de leurs califes, depuis la 1re année de l'hégire, c'est-à-dire depuis l'an 622 de notre ère jusqu'à l'an 1015, par Reiske, en 1754; et la troisième, sur la vie de Saladin, en 1755, par Schultens, qui joignit cette partie à l'ouvrage de Bohadin.

(2) La *Bibliothèque orientale* de d'Herbelot, que j'ai

arabe, mais je crois que j'en ai assez dit pour donner au lecteur quelque idée de ce sujet, ou au moins pour atteindre le but particulier que j'ai eu en vue. J'espère que ceux qui liront cet ouvrage ne manqueront pas de se rappeler que, tandis que dans cette époque ils admirent à Bagdad, au Caire, à Fez, ou à Cordoue, le louable déploiement des talens et du goût, une léthargie mentale affligeoit alors tous les royaumes de l'Europe, ou que si on y faisoit dans certains momens quelques efforts littéraires, ils ne servoient qu'à faire voir qu'on s'y éloignoit de la raison, et qu'il y avoit une absence générale de discernement critique. L'âge d'or de l'Arabie étoit l'âge de plomb de l'Europe.

Néanmoins je suis porté à croire que, quoique la littérature orientale comparée avec la nôtre pendant le moyen âge ait beaucoup de prix, on en a fait cependant de trop grands éloges. Ce que peu de personnes entendent est ordinairement plus loué par la vanité ou par l'ignorance qu'il ne mérite de l'être. Un critique habile observe que d'après notre éducation dans les écoles grec-

sous les yeux, est un riche répertoire de connoissances sur les Arabes. Son principal guide dans l'histoire est Khondemir, Persan, qui n'a vécu que dans le XVe siècle, et qui paroît avoir compilé son ouvrage, depuis la création du monde jusqu'à son temps, avec beaucoup de précision et d'ordre, d'après des sources authentiques.

que et latine nous nous sommes fait un modèle fixe de goût exclusif, et quand nous appliquons ce modèle à la poésie de l'Orient, à son histoire, ou à ses autres productions littéraires, nous sommes portés à prononcer un jugement péremptoire. Cependant, continue Gibbon, nous sommes disposés à condamner la littérature et le jugement des nations dont nous ignorons la langue. J'ajouterai que leurs mœurs, leur manière de sentir, leurs idées, leurs habitudes, diffèrent entièrement des nôtres. Mais les Grecs et les Romains ne diffèrent-ils point aussi de nous à cet égard? Et néanmoins nous admirons leurs compositions comme excellentes; et même ceux qui les lisent seulement dans des traductions sont disposés à les regarder comme des modèles de goût. La nature quoique variée est simple partout; les gradations de caractère sont uniformes; la règle du juste et de l'injuste n'est point altérée par le climat; la vertu est universellement regardée comme aimable, et le vice comme odieux. Il y a la même analogie entre les perceptions de l'esprit; et, quand on les décrit par des paroles, il faut que celles-ci en soient une copie exacte pour être vraies.

On doit ajouter que nos classiques pouvoient enseigner beaucoup, et que les Arabes avoient beaucoup à apprendre. Ils avoient à apprendre la noblesse tempérée du style, les agréables proportions de l'art, les formes de la beauté visible et intellectuelle, la manière juste de peindre le caractère ainsi que la passion, la rhétorique qui montre à disposer le récit et les argumens, enfin la construction régulière de la poésie épique et dramatique. Mais, se fiant aux richesses de leur propre langue, ils dédaignèrent d'étudier les autres idiomes, se contentèrent de traductions souvent imparfaites et grossières; et n'estimant pas les beautés classiques de l'école des Grecs, principalement à cause de leur mythologie, ils ne cherchèrent à faire des progrès que dans les genres de science les plus graves, les plus difficiles et les plus sévères. Ils ne voulurent pas étudier nos ouvrages, ni ceux de nos vrais guides en littérature, les poëtes, les orateurs, ainsi que les historiens de l'ancienne Rome; il est même probable qu'ils fondèrent leur opinion sur ce que nous étions, d'après les exemples vivans qui n'étoient que trop souvent sous leurs yeux. Pardonnons-leur cette faute et soyons justes : reconnoissons que les Arabes ont entretenu et conservé le feu sacré des connoissances pendant le période obscur du moyen âge (1), enfin que leur exemple a contribué à exciter un assez grand nombre d'hommes, même parmi nous, à se livrer

(1) Le moyen âge forme un espace de près de mille ans, qui sépare la chute de l'empire d'Occident dans le Ve siècle et la chute de l'empire d'Orient dans le XVe. M. Desmichels a publié un Tableau chronologique de l'histoire du moyen âge, chez N. Pichard.

aux travaux littéraires, en même temps que par leurs traductions ils sauvoient de l'oubli quelques ouvrages dont les originaux n'existent plus.

FIN.

---

Il vient de paroître plusieurs ouvrages importans sur les Arabes, savoir : 1° *Historia de la dominacion de los Arabes en Espana, por don Conde.* 2° Un ouvrage de M. DE GÉRANDO sur le Système des connoissances humaines. 3° La troisième partie d'une nouvelle édition de l'Art de vérifier les dates, publiée par M. DE COURCELLES. M. D'AUNOU en a rendu compte dans le Journal des savans, d'août 1823. Il y rend justice à l'Histoire des rois maures de Cordoue, donnée par M. AUDIFFRET, et insérée dans cette troisième partie ci-devant indiquée.

On trouve dans le *Mercure* du 19e siècle, des articles de Mr Buchon, sur les anciens auteurs tragiques anglais.

MM. Isambert, de Crucy, et Jourdan, ont publié un recueil des anciennes lois depuis l'an 420.

MM. Beugnot fils et Mignet ont publié des ouvrages sur les Institutions de saint Louis.

M. Champollion l'aîné a publié des recherches sur les Lagides, ainsi que sur le Papyrus connu sous le nom de contrat de Ptolémaïs.

M. Sismonde de Sismondi a publié l'Histoire des Français. MM. de Larue et Bodin ont publié des recherches sur Caen et l'Anjou.

M. Raynouard a publié plusieurs ouvrages sur la langue romane, et un choix de poésies originales des troubadours.

M. Dalibon vient de publier le second volume d'une belle édition de Rabelais, avec des notes de M. Johanneau. On trouve chez M. Barrois l'aîné, la seconde édition du Dictionnaire des Anonymes, de M. Barbier. — M. Charles Nodier va donner une édition, avec des notes, de la satyre Ménippée.

M. Guillon vient de publier une Histoire de l'Église pendant le XVIII<sup>e</sup> siècle.

M. Jondot va publier une seconde édition de son ouvrage sur l'histoire.

M. Auger a donné une édition de Molière.

MM. Daunou, Amar et Saint-Surin ont donné des éditions de Boileau.

M. de Montmerqué a donné des éditions des lettres de Mme de Sévigné, et y a joint celles de M. de Coulange.

M. Tabaraud a publié une Vie de Berulle.

On a publié chez Levrault l'Histoire abrégée des sciences métaphysiques, morales et politiques, depuis la renaissance des lettres, traduite de Dugald Stewart. — M. Walckenaer nous a donné la Vie et les Œuvres de La Fontaine.



## ERRATA

Pag. 22. Note, *en arabe*; lisez *en anglais*. En donnant cette traduction anglaise, Jones a fait imprimer le texte en caractères latins, au lieu de caractères arabes.

Pag. 59. Abulpharage étoit Syrien, et non Arabe. Sa Chronique est en syriaque et il en a publié lui-même un abrégé en arabe.

Pag. 68. Ebn Khalcan étoit Arabe et non Syrien. (Voyez son article dans la *Biographie universelle*, tome XXI, pag. 156.)

www.ingramcontent.com/pod-product-compliance
Ingram Content Group UK Ltd.
Pitfield, Milton Keynes, MK11 3LW, UK
UKHW021103260726
13994UKWH00002B/671

9 782329 327440